西行

Saigyo

橋本美香

コレクション日本歌人選048
Collected Works of Japanese Poets

笠間書院

『西行』

目次

凡例

一、本書には、平安末期の歌人西行の歌三十八首を載せた。

一、本書は、西行のバラエティに富んだ多彩な歌に触れるように留意し、できるだけ分かりやすく解説することを心がけた。

一、本書は次の項目からなる。「作品本文」「出典」「口語訳（大意）」「鑑賞」「脚注」・「略伝」「略年譜」「筆者解説」「読書案内」「付録エッセイ」。

一、作品本文と歌番号は、西行歌については日本古典文学会刊の『西行全集』に拠り、その他は『新編国歌大観』に拠った。また適宜漢字や振り仮名を当てて読みやすくした。

一、鑑賞は、基本的に一首につき二ページを当てたが、問題の多い十二首については四ページを費やした。

西行

01

津《つ》の国の難波《なには》の春は夢なれや蘆《あし》の枯葉《かれは》に風わたるなり

【出典】西行法師家集・四〇八、新古今集・冬・六二五

いにしえの津の国の難波の春の景色は夢だったのだろうか。いま、眼の前に広がっている冬の難波の地には、蘆の枯葉に風がただ吹き渡っているだけである。

荒涼《こうりょう》とした冬の情景をよんだ一首である。「津の国の難波の春」とは、『古今集』の仮名序《かなじょ》に仁徳《にんとく》天皇の作として載《の》る「*難波津《なにはづ》に咲くやこの花冬ごもり今は春辺《はるべ》と咲くやこの花」に詠《うた》われた美しい花が咲く春の情景を言い、さらに、この地に栄えていた難波宮の華やかな姿をも想起させるものである。しかし、三句目の「夢なれや」で、その華やかなイメージは断ち切られ、眼前《がんぜん》に見えるのは、かつて難波宮《なにわのみや》のあった場所に広がる一面の蘆と、その蘆を吹

【語釈】○難波―現在の大阪府西北部、淀川の西側一帯の地を指す。かつては低湿地の入江があり、蘆が広がっていた。

*難波津に……―仁徳天皇が難波高津宮で治世の繁栄を願ってよまれたとされる。

き渡っていく風だけである。この「夢なれや」の一語によって、逆に「難波の春」の美しさが、幻想として立ち現われてくることになる。

この歌は『西行法師家集』の中では、「無常《むじょう》」と題する歌群に入っている。このことからすれば、悠久《ゆうきゅう》の昔に咲き誇っていた花も今はなく、ただ蘆の枯葉に風が渡っているだけだという無常を強調した歌であると解することもできる。またこの歌は、『後拾遺集《ごしゅういしゅう》』春上に載る*能因《のういん》の「*心あらむ人に見せばや津の国の難波わたりの春の景色を」という歌を意識しているとされる。能因は出家後、難波に居を構えたとされるが、その能因が心ある人に見せたいと詠った難波の美しい春の景色が、今は実在せず、荒涼とした風景しか存在しないことを西行は能因に向かって語りかけているようでもある。

さらに、眼前に広がる光景に不在の情景を重ねるこの詠い方は、藤原定家《ていか》が、眼前には花も紅葉もないとよんだ「*見渡せば花も紅葉もなかりけり浦の苫屋《とまや》の秋の夕暮」という歌に先行すると言うことができよう。そのことを裏付けるかのように、俊成《しゅんぜい》は「*御裳濯川歌合《みもすそがわうたあわせ》」の判詞《はんじ》の中で、この西行の歌からにじみ出る独特の情趣《じょうしゅ》と奥深さを讃《たた》えて、「*幽玄《ゆうげん》の体」と評している。

*能因―平安時代中期の歌人。奥州をはじめ諸国を旅し、旅の歌を多く残している。

*心あらむ…―後拾遺集・春上・四三。

*見渡せば…―新古今集・秋上・三六三に選ばれている「秋の夕暮」をよんだ「三夕《さんせき》」の歌の一つ。

*御裳濯川歌合―西行が晩年に自身の歌を歌合《うたあわせ》の形式にし、藤原俊成に判を依頼したもの。伊勢神宮に奉納された。

*幽玄の体―俊成がこの言葉を使ったのは、西行のこの歌が初めてだとされる。物事の趣が奥深くはかり知れないことを意味し、中世の文学や芸能の中で美的な理念の一つとなった。

02

咲きそむる花を一枝《ひとえだ》まづ折りて昔の人のためと思はん

【出典】西行法師家集・四七

咲きはじめた桜の枝をひと枝まず手折《たお》って、これは昔の人へ手向けにするためと思いましょう。

西行は、言うまでもなく桜をこよなく愛した歌人であった。たとえば西行がよんだ桜の歌に、「吉野山梢《こずゑ》の花を見し日より心は身にも添はずなりにき」*という一首がある。吉野山の梢に咲く桜の花を遠くに見た日から、花に心が奪われ、心が身に添《そ》わなくなったと言うのである。西行がいかに桜に心惹《ひ》かれていたかが分かるだろう。

この歌は、今年初めて咲いた桜の花を真っ先に折り取って、「昔の人」に

*吉野山梢の…――山家集・六六。

まず手向《たむ》けようと詠《うた》ったものである。『和漢朗詠集《わかんろうえいしゅう》』に「*聞キエタリ園ノ中ニ花ノ艶《えん》ナルコトヲ養フヲ。君ニ謂《い》フ一枝ノ春ヲ折ランコトヲ許セ」と、女性を一枝の花に喩《たと》えた恋の詩句がある。この詞句のように恋人のためでもなく、桜に強く惹《ひ》かれる自分のためでもなく、「昔の人のため」にまず手向けようと詠っているのが際立っている。「昔の人」とは、いったいどのような人のことを言うのであろうか。

桜を手折《たお》る歌に、*僧正遍昭《へんじょう》の「*折りつれば髻《たぶさ》に穢《けが》る立てながら三世《みよ》の仏に花奉る」という歌がある。道端の仏に桜の花を手向けようと言うのであるが、友人の静観《せいかん》法師は「*年を経ていたくな愛《め》でそ山の花菩提《ぼだい》の種にならぬものゆゑ」とよんで、そうした行為は菩提心に繋《つな》がらないから、あまり桜の花に執着しないようにと戒めている。遍昭も誰の目にも明らかなほど桜を好んでいたようである。その子息の素性《そせい》法師にも「*見てのみや人に語らむ桜花手ごとに折りて家苞《いへづと》にせむ」という歌があり、山の桜を土産《みやげ》話とするだけではなく、それぞれが手土産に持ち帰って都の人に実際に見せようとまで言う。

桜の花を愛《め》でる態度は、西行が追慕《ついぼ》した能因や花山院《かざんいん》、行尊《ぎょうそん》らにも共通していた。*能因の「*桜咲く春は夜だになかりせば夢にも物は思はざらまし」、

*聞キエタリ……―和漢朗詠集・恋・七八四・無名。

*僧正遍昭―平安初期の六歌仙の一人（八一六―八九〇）。

*折りつれば……―遍昭集・三「二月ばかり道をまかるとて」の詞書がある。

*年を経ていたくな……―続後撰集・釈教・五八五「僧正遍昭につかはしける」の詞書がある。

*見てのみや……―古今集・春上・五五「山の桜を見て詠める」の詞書がある。

*能因―01に前出。

*桜咲く……―能因法師集・五四。「夜思桜花心二首」のうちの一首である。

*花山院の「*覚つかないづれなるらん春の夜の闇にも花を折りみてしがな」、*行尊の「*諸共《もろとも》にあはれと思へ山桜花より外《ほか》に知る人もなし」など、それぞれが桜への執着を詠った歌である。

ところで、西行の時代の桜が私たちが見慣れているソメイヨシノではなかったことに留意すべきである。ソメイヨシノは、江戸の染井《そめい》の地で江戸時代末期に品種改良されてできた新種であり、樹による個性というものはあまりみられない。一方、西行が好んだ山桜は同じ山に咲いても、花の大きさ、色、数、葉の色などすべてに個性がある。「*吉野山去年《こぞ》のしをりの道変へてまだ見ぬ方《かた》の花を尋ねん」という歌で西行が、去年とは違う山の奥にまだ見ない桜を探して、桜を見尽《みつ》くしたいと詠うのも、桜の個体差が関係しているかもしれない。「*木のもとに旅寝をすれば吉野山花の衾《ふすま》を着する春風」では、吉野の桜の木の下で寝ていると、春風が桜の花びらの布団《ふとん》を着せてくれると詠う。「花の衾」は西行の独創的な表現であり、いずれも桜への愛着をよく伝える歌である。山深く分け入ることのできた遁世《とんせい》の修行者《しゅぎょうしゃ》であったからこそ、さまざまな山桜に巡《めぐ》り会い、魅了されたのであろう。また、死後、仏となったならば、桜を献花《けんか》してほしいとよんだ「*仏には桜の花を奉れわが後《のち》

*花山院—第六十五代天皇。藤原道兼の陰謀により二十九歳で出家した。

*覚つかな…—万代集・春下・三一五。

*行尊—平安後期の僧。西行が仕えた鳥羽院の護持僧であり、山岳修行をよくした。

*諸共に…—金葉集・雑二・五二一「大峰にて思ひがけず桜の花を見てよめる」の詞書がある。百人一首にも採られている。

*吉野山…—西行法師家集・四一。去年吉野山につけておいた道しるべとは違う道を踏み分けて、まだ見ていないところにある桜を見に行こうと詠む。

*木のもとに…—山家集・一二五。

*仏には…—山家集・七八。

の世を人とぶらはば」という歌も残した。

このように考えてくると、ここで取り挙げた歌で、初桜《はつざくら》を手折って捧《ささ》げる対象である「昔の人」とは、恋人といったような存在ではなく、西行が追慕し、自由に山桜を愛でることのできた古人《こじん》のことであると考えることができる。また、西行はそうした先人を追慕しただけではなく、その心を自身が継承しようとする意思を歌によむ。「*あはれわが多くの春の花を見て染めおく心誰《たれ》にゆづらん」では、私が長年にわたって花に染めている心を誰に譲ろうかと言う。自分が引き継いできた桜を愛《め》でる心の継承者を探しているのである。大げさかもしれないが、西行は桜を通じて、過去から未来へと繋がることを明瞭に意識した最初の歌人であったとみてもいいのであろう。

西行が没した建久《けんきゅう》元年（一一九〇）、やがて新古今歌人として活躍することになる良経《よしつね》を主催者として、慈円《じえん》、定家、寂蓮《じゃくれん》などが、西行が愛した桜と月を各五十首ずつよんだ「花月百首《かげつ》」という百首をよんでいる。西行追善《ついぜん》のためだと言われているが、花と月だけを題としたこのような試みは、西行の後《あと》を継《つ》いで、自分たちも桜の花を思う心の継承者になろうとしていたとも考えられるのである。

＊あはれわが……―西行法師家集・四八。

03

木《こ》のもとに住みける跡を見つるかな那智《なち》の高嶺《たかね》の花を尋《たづ》ねて

【出典】山家集・八五二、風雅集・雑上、一四七三

花山院が、出家後に桜の木のもとで修行していた跡を見ることができたよ。那智の高嶺に咲く桜の花を探し求めることによって。

詞書《ことばがき》によれば、那智《なち》*にいた西行が、桜の花が見られるだろうと、二の滝まで行く僧に同行し遡《さかのぼ》ったとき、偶然に花山院の旧跡を発見した喜びをよんだ歌である。花山院の庵《いおり》があったという場所に、一本の桜の老木が残っているのを見て、「木のもとを住処《すみか》とすればおのづから花見る人になりぬべきかな」*という花山院の歌を思い出してよんだと言う。

「木のもと」というのは、西行が好んだ表現であり「木のもとの花に今宵*

【詞書】（要約）那智の御堂に籠もっていた時、その上にあるという一、二の滝にいくという僧がいたので、桜を見るのにいい機会と思って同行し、如意輪の滝ともいう二の滝を拝した。その近くに花山院の庵室の跡といわれる場所があり、その前に

は埋《うづ》もれて飽《あ》かぬ梢を思ひ明かさん」という歌にあるように、思う存分桜を愛《め》でるための場所であった。次に04で取り挙げる「*願はくは花の下にて春死なんその如月《きさらぎ》の望月《もちづき》のころ」も、「花の下」と、桜の木の下をよみ、桜を愛でる場所は、そのまま西行臨終の場としてイメージされるのである。

西行は、花山院の歌にある「木のもと」「住む」「見る」「花」の語を借りてそのまま詠っている。これは、西行自身が「木のもと」を好んできた感覚と同じ感覚を二百年前の花山院がすでに持っていたことを、花山院の庵の前にある桜の老木から確認し得たことの感慨が、このように多くの表現をそのまま用いて詠うことになったのであろう。

花山院が右の歌を実際に那智でよんだとは特定されていないが、いずれにせよ西行は、花を探し求めることによって、この花山院の庵の跡に辿《たど》りついた。これと似たエピソードを詠った歌に、「*これや聞く雲の林の寺ならむ花を尋ぬる心休めん」という一首がある。これは、遍昭や素性、源信《げんしん》などに縁があり、和歌や漢詩に多く詠われて桜の名所として知られた紫野《むらさきの》の「*雲林《うりん》院《いん》」に辿り着いたときの喜びが込められている。西行にとって桜は、古人に縁《ゆかり》のある場所へと西行を導いてくれるものでもあったのである。

桜の老木があった。「木のもとを住処とすれば」とおよみになった歌を思い出して。

*那智―現在の和歌山県東牟呂郡那智勝浦町。熊野三山の一つ那智社がある。

*木のもとを……―詞花集・雑上・二七六に「修行し歩《あり》かせ給ひけるに、桜花の咲きたりける下に休ませ給ひて詠ませ給ひける」という詞書で載る。

*木のもとの……―山家集・一二四。

*願はくは……―山家集・七七。

*これや聞く……―聞書集・六二。

*雲林院―もと淳和天皇の離宮を遍昭が元慶寺の別院とした寺。

04

願はくは花の下にて春死なんその如月《きさらぎ》の望月《もちづき》のころ

【出典】山家集・七七、続古今集・雑上・一五二七

願いが叶《かな》うなら、時は春、満開に咲いている桜の花の下で死にたい。釈迦《しゃか》がこの世を去った二月の満月のころに。

西行の歌と言えば、この歌を思い起こす人が多いのではないだろうか。臨《りん》終《じゅう》の際にはこうありたいという願いを歌にし、しかもそれは、誰が見ても羨《うらや》ましいと思えるような桜の花と満月のある美しい情景なのである。このように、己《おのれ》の死の理想をそのまま歌にするようなことは、和歌の中でも異彩を放っている。

さらに、この歌を有名にしたのは西行がこの歌のとおり、実際に「如月《きさらぎ》の

【語釈】○花―平安後期以降、桜を指すようになった。仏に供える樒《しきみ》などの枝の意味もある。○如月―二月の異名。

望月のころ」に亡くなったという事実である。この歌は、伊勢神宮に奉納《ほうのう》した*「御裳濯川歌合《みもすそがわうたあわせ》」にも入っており、その歌合の判詞《はんじ》を西行から依頼された俊成は、この歌を深く仏道《ぶつどう》に帰依《きえ》した人にしかよみ得ない歌だと評価している。「如月の望月のころ」とは、*二月十五日、釈迦入滅《しゃかにゅうめつ》の日を言う。当時、この日に亡くなると、極楽往生ができると信じられていた。西行は文治《ぶんじ》六年（一一九〇）二月十六日、釈迦入滅の二月十五日からわずか一日遅れ、七十三歳で亡くなった。一日の誤差は十五日とほぼ違わないと考えられ、当時の人々に賛嘆《さんたん》をもって受け止められた。

たとえば、慈円《じえん》は家集『拾玉集《しゅうぎょくしゅう》』に、*「文治六年二月十六日未《み》の時、円《えん》位《い》上人入滅《にゅうめつ》、臨終などまことにめでたく、存生に振る舞ひ思はれたりしにさらに違《たが》はず、世の末《すゑ》に有難き由《よし》なん申しあひけり」と記し、「君知るやその如月と言ひおきて言葉におへる人の後《のち》の世」という追悼《ついとう》の歌を寂蓮《じゃくれん》に贈っている。加えて左注《さちゅう》では「これは、願はくは花の下にて春死なんその如月の望月の頃と詠み置きて、それに違《たが》はぬことを世にも憐《あは》れがりけり」と、西行が望んだとおり亡くなったことに世の人が感銘を受けたと語っている。

釈迦の死と言えば、当時の人は、沙羅双樹《さらそうじゅ》の樹の下で大勢の弟子や動物た

*御裳濯川歌合―01に既出。

*二月十五日―現在の暦の上では、三月中旬から下旬。

*文治六年……―以下の記述は拾玉集・巻五・五一五八による。円位上人とは西行の法号。

ちに囲まれて入寂《にゆうじやく》する様《さま》を描いた「釈迦涅槃図《しやかねはんず》」を思い起こしたであろう。その情景が、釈迦の最期《さいご》の姿として象徴的であるとすれば、桜の木の下で満月の光を浴びて死ぬ西行の姿は、桜と月に憧《あこが》れた西行の最期を象徴するものとして、もっとも相応《ふさわ》しいと考えたのかもしれない。

初句の「願はくは」は、願文《がんもん》に多く用いられる言葉である。願文とは、神仏に祈念《きねん》する文章、もしくは仏事を修《しゆう》する際の願意《がんい》を記した文のことである。西行にも「願ハクハコノ功徳《くどく》ヲ以《もつ》テ普《あまね》ク一切及ボシ、吾等ト衆生、皆共ニ仏道ヲ成サン」という詞書を持つ釈教歌《しやつきようか》「*秋の野の草の葉ごとにおく露を集めば蓮《はちす》の池たたふべし」がある。

「願はくは」で始まる願文で当時知られていたのは、白居易《はくきよい》（白楽天《はくらくてん》）の「*願ハクハ今生世《こんじようせ》俗《ぞく》ノ文字《もんじ》ノ業、狂言綺語《きぎよ》ノ誤リヲ以テ、翻《かえ》シテ当来世々《せぜ》讃仏乗ノ因、転法輪ノ縁トセム」という願文で、『*和漢朗詠集』に採《と》られて広まった。「狂言綺語」とは道理に合わないことを巧みに飾った語という意で、仏教の立場から詩歌文章《しいかぶんしよう》を十悪の一つ「妄語《もうご》」とみて、卑《いや》しめて言った言葉である。白居易はそれを逆に、来世では仏法を讃《たた》え、人を教化《きようけ》する契機としたいと願ったのである。この白居易の願文によって、平安中期に「妄語」

*秋の野の草の葉…―聞書集・七。法華経化城喩品《けじようゆぼん》の内容をうたったもの。「願ハクハコノ功徳ヲ以テ」は法会に用いられる著名な偈頌《げしよう》である。

*願ハクハ今生世俗ノ…―和漢朗詠集・仏事・五八八。この詩句は、慶滋保胤《よししげやすたね》らの勧学会《かんがくえ》において朗唱され、十世紀以降、狂言綺語観として広まった。

*和漢朗詠集―藤原公任が編纂した詩文の秀句と和歌の

と見なされていた和歌は、西行の時代になると、肯定的に捉《とら》えられるようになり、和歌が経文《きょうもん》を唱《とな》えるのと同じであるとする*独自の文芸観が成立してくる。

この歌は『山家集《さんかしゅう》』の「花の歌をあまた詠みけるに」と題される一群の中にあり、これに続き、「仏には桜の花を奉れわが後《のち》の世を人とぶらはば」とある。西行にとって桜は、彼の生涯だけでなく、死後もまた自分自身に繋がる縁を持つものとして捉えられていたのである。また、西行には花と月を同時によみ込んだ歌が*いくつかある。「*花を分くる峰の朝日の影はやがて有明の月を磨くなりけり」という釈教歌では、桜の花を分ける朝日の光はそのまま有明の月を磨く光だともよんでいる。釈教歌に詠《うた》われる花は、通常は極楽に咲く蓮《はす》であり、西行のように桜をよみ込むことは珍しく、これも西行らしい詠い方と言っていい。

西行にとって桜は、単なる鑑賞の対象というだけではなく、死を思い描く時にも来世を思い描く時にもあるものだった。桜は西行の歌を経て、やがて日本人の心と強く結び付くものとなっていったとも言えよう。

秀歌を選んだもの。

*独自の文芸観―歌仏一如観などという。『西行上人談抄』にも西行が「和歌は常に心澄む故に悪念なくて、後世を思ふその心進む」と語ったとある。

*いくつかある―山家集・七二「花散らで月は曇らぬ夜なりせば物を思はぬわが身ならまし」。花は散らず月が曇ることがなければ物思いをすることがない。また、西行法師家集・九七「同じくは月の折咲け山桜花見る宵《よひ》の絶え間あらせじ」。月夜なら、夜も桜を見ることができるから、どうせ咲くのであれば月の頃に咲いてほしい。

*花を分くる…―聞書集・二四。「薬王品　容顔甚奇妙、光明照十方」をよんだもの。

05

吉野山《よしのやま》花をのどかに見ましやは憂《う》きが嬉しきわが身なりけり

【出典】西行法師家集・六二

吉野山の桜を心穏《おだや》かに眺めたいものである。しかし、桜をこよなく愛する私にとって、桜についてあれこれと物思いをし、心穏やかでいられないことは、かえって嬉しいことでもあるのだ。

「吉野山」は、現在も桜の名所として知られる大和国《やまとのくに》の歌枕《うたまくら》である。吉野は、平安時代までは山岳信仰《さんがくしんこう》の地や隠遁《いんとん》の地として知られており、歌の世界では雪の名所であった。桜の花の名所となったのは、実は西行が繰り返し吉野の桜を歌によんだからであり、西行が作り出した名所といっても過言ではない。桜と吉野が結び付くのは、中世以降のものである。

この歌では、吉野山の桜をゆっくりと心静かに見たいものだとよんでいる

＊花見れば……―山家集・六八。

が、「*花見ればそのいはれとはなけれども心の中《うち》ぞ苦しかりける」と詠うように、桜の花を見ると、理由はないが心が苦しく穏やかではいられないのである。その状態は「憂き」ものであるが、一方で「嬉しき」ものだと言う。花に執着することによって心穏やかにいられないことは非常に物憂《ものう》いことであるが、裏を返せば、桜のことで心の中がいっぱいになっている状態は、桜を愛する自分にとって嬉しいことでもあると感じているようである。「憂き」と「嬉し」という相反《あいはん》する感情が、桜の花とともに共存していると言えよう。この他にも西行の歌には、一首の中に*相反する感情をよみ込んだものがあり、後に16で取り上げる月の歌もその一つである。

*憂きことが嬉しいことに繋《つな》がるというこの感覚は、苦しみが仏道に入る機《き》縁《えん》になるとみなす「逆縁《ぎゃくえん》」という感覚に近い。先にふれたように、吉野山の一帯は修験道《しゅげんどう》の修行の地でもあった。この地では、桜の終わる夏に、吉野から熊野へと入る逆の峰入《みねい》りという行《ぎょう》がある。出家してもなお捨てることのできない桜に対する西行の執着は、*桜と修行とが一体となって存在する吉野であるからこそ、「憂き」ことがそのまま「嬉しき」ことでもあるというパラドキシカルな表現を生んだのだと思われる。

*相反する感情―たとえば「訪ふ人も思ひ絶えたる山里に寂しさなくば住み憂からまし」(山家集・九三七)という歌では、誰も訪れる人がいないのは本当なら寂しい。しかし、人との断絶こそがいつ来てくれるかという煩悶からの解放となるという。

*憂きことが嬉しい―西行のこの「憂きが嬉しき」という歌語は、「憂きが嬉しき便り」というフレーズとして、鎌倉中期に後深草院二条が書いた『とはずがたり』の中で苦悩を積極的に受け止めるという意でしばしば用いられている。

*桜と修行とが一体―吉野山にある金峯山寺《きんぷせんじ》蔵王堂《ざおうどう》では吉野山の神木である桜が満開になったことを報告する花供懺法会《せんぼうえ》(花供会式)という儀式がある。

06

花見《はなみ》にと群《む》れつつ人の来るのみぞあたら桜の咎《とが》にはありける

【出典】山家集・八七、玉葉集・春下・一四四

花見に人が大挙《たいきょ》してやってくることだけが、あえていえば桜の唯一の罪であり、残念に思うべきことである。

【詞書】しづかならんと思ひける頃、花見に人々まうで来たりければ。

【語釈】○あたら―形容詞「可惜《あたら》し」の語幹、感動詞的に使い、このままの状態では惜しいという意味の語句を導く。

誰にも邪魔《じゃま》されず桜と向き合いたいのに、それが叶《かな》わないことを桜の罪に仕立てた歌である。

「花見には群《む》れてゆけども青柳の糸のもとにはくる人もなし」と『拾遺集《しゅういしゅう》』にあるように、花見に連れ立って出かけるのは、今も昔も変わらない習慣である。四句目「あたら」は、良いものを持っているのにそれが発揮《はっき》できない状態を意味する。桜狩《さくらが》りに人が群れてやってきて騒《さわが》しいのは、せっか

くの桜の魅力を半減させてしまうが、そのようにさせるのは、他の誰でもない、桜自身が招いた罪であると言うのである。「咎《とが》」というのは、歌の世界では、桜の花を散らす風などを非難する意味で用いるのが一般的である。これに対して、桜の花そのものに「咎」があるというのは、桜を愛《め》で続けていなければ生まれなかった発想であろう。

この歌は、『西行物語』*にも取り入れられたほか、世阿弥《ぜあみ》*が創作した能「西行桜」の中心的な位置を占める歌になった。「西行桜」は、桜の精《せい》と西行との問答を中心にした内容であるが、その中に次のような詞章《ししょう》がある。

それ、花は上求《じょうぐ》本来の梢に現れ、秋の月下化迷闇《げけめいあん》の水に宿る。誰か知る行く水に三伏《さんぷく》の夏もなく、澗底《かんてい》の松の風、一声《いっせい》の秋を催す事、草木国土自《おの》づから、見仏聞法《けんぶつもんぽう》の結縁《けちえん》たり。

桜が梢に現われるのは、仏の悟《さと》りを求めるようにと人々を勧進《かんじん》するためであり、自然界の啓示《けいじ》がそのまま仏に逢い、説法《せっぽう》を聞くという仏法の結縁であるというのである。これは、都から来た桜狩りの一行に対して、西行が心の中でつぶやく詞章である。

「西行桜」の中では、西行の庵がある場所は、彼がこよなく愛した吉野で

*花見には……―拾遺集・春・三五・読人知らず。

*西行物語にも―たとえば文明本『西行物語』には、「花面白しと思ひ静かに遊びてゐたる所に、昔の友、花見にとて尋ね来たりければ、心の乱れしかば、
花見にと群れつつ人の来るのみぞあたら桜の咎にはありける」
とある。

*世阿弥―室町時代、父観阿弥とともに、能を大成。『風姿花伝』などの芸道論も記す。

はなく、京の嵐山《あらしやま》となっている。西行庵を尋ねて来た桜狩りの一行は、昨日は東山《ひがしやま》に行き、今日は嵐山までやってきたと言う。嵐山（現在の西京区）にある証菩提院《しょうぼだいいん》（現在の西光院）が*その地とされている。「西行桜」で、この一行が桜を見にわざわざ庵まで尋ねて来たというのは、桜を愛《め》でて止《や》まなかったという西行像が定着していたために他ならない。

謡曲の舞台は、桜狩りの一行が来た夜へと移る。西行の夢の中に老木の桜の精が現れ、西行のこの「花見にと」という歌を口ずさんで、あなたは咎があると言うが、桜狩りに人々が訪れるのは私の罪ではないと反論する。西行は桜の言い分を認め、心を持たない草木《そうもく》もすべて成仏《じょうぶつ》することを説く。ここでは、西行も桜の精も、共に成仏することのできる存在として同一視されるのである。こうして桜の老木は西行と巡り会えたことを喜び、花の名所を案内し、朝の勤行《ごんぎょう》の鐘の音と共に消えるが、夢が覚めると、そこには桜の花が散り敷いていた。

「西行桜」における夢中の桜の精と西行がやりとりをする場面は、幽玄《ゆうげん》の世界であり優雅で美しいが、老いと若さ、閑寂《かんじゃく》と華麗《かれい》などの相反する要素が共存しているとされる。世阿弥は先の05でみた、相反するものをよみ込む

＊その地とされている―この他、西京区にある大原野の勝持寺にも西行が愛でた桜の伝承が残っており、また嵯峨野にある二尊院にも西行庵跡という碑がある。

という西行歌の特徴をも理解していたのかもしれない。西行の歌一首は、一編の謡曲を作り出すような広がりを持っているのである。

もう一首、『山家集』にある次の歌をみておきたい。

*眺むるに花の名立《なた》ての身ならずはこの里にてや春を暮らさん

西行は、自分のことを花の噂《うわさ》を立ててしまう「名立て」だと言うのである。今まで、桜の花を愛でることを公言《こうげん》し、桜のすばらしさを人々に広めてこなければ、この里でのんびりと桜の花を見て春を過ごすことができたのに、西行が愛でた桜はすぐに評判となってしまうので、それができない。つまり、桜の花を見に大勢の人がやってくるのは、実は花を愛で続けた自分自身の「咎」でもあると西行は認識しているのである。謡曲の中で桜に罪はないことを認めた西行は、この歌でもやはり桜に罪がないと認めているのである。

桜をこよなく愛するために、邪魔をされずに愛でたいという気持ちが満たされないことを、桜の「咎」にしようとする奔放な振る舞いは、西行を非常に親しみやすい人物にするものでもある。

＊眺むるに花の……山家集・九七。詞書に「修行し侍りけるに、花のおもしろかりける所にて」とある。「名立て」とは、評判が立つようにすること。

07

あくがるる心はさても山桜《やまざくら》散りなん後《のち》や身に帰るべき

【出典】山家集・六七、新後撰集・春下・九一

私の体から遊離してしまう花を思う心は、それにしても桜が散ってしまった後は、この体に必ず帰ってくるものだろうか。いや、帰らないのである。

桜の花が散った後の我が身について自問《じもん》自答している歌である。初句《しょく》の「あくがるる心」とは、心が体から遊離《ゆうり》していくことを意味する。平安時代には、物を深く思うと心が身体から遊離するという感覚があり、肉体から遊離しようとする魂や遊離してしまった魂を落ち着かせるための「魂鎮《たましず》め」といった儀式もあった。一方で、西行のように、桜*に心が奪われることや、月に心が向かうことについても「あくがる」を用いた。

【語釈】○あくがるる―あるべき場所を意味した古代語の「あく」から「離《か》る（離れる）」ことを言い、心が何かに惹かれてその方向へさまよい出ることや、心が落ち着かずいらいらすることなどを言う。

西行は、心と身体が分裂《ぶんれつ》していくことについて、「あくがる」の他に「浮かる」や「心は身に添《そ》はず」といった表現も用いている。これら「心」と「身」との乖離《かいり》を語る表現は西行の一種の愛用語であり、西行の性格や人物を論ずる際のキーワードとなっている。中でも「浮かる」の語が多く、*旅など不特定の場所に向かう心を指して言う場合が多い。これに対し、掲出歌にみられる「あくがる」は、主に花や月に対する心に用いているようである。

落花《らっか》の後の心について西行は、「*散る花を惜《お》しむ心や留《とど》まりてまた来《こ》む春の種となるべき」とも詠っている。花を惜しむ心が花の散った木の下にそのまま留まるというのは、特異《とくい》な感覚であるが、それほど花と西行の心とは深く結びついていた。さらに、落花の後、季節は移り変わるが、「*吉野山花の散りにし木《こ》の下《もと》に止《と》めし心は我を待つらん」とあるように、花を愛でる西行の心は、季節を越えて来年までそこに存在し続けるのである。

山桜が散ってしまった後、心がまた身体に帰ってくるのかということに対する答えはおのずと見えてくる。桜を思う心は桜の散った後もそこに留まり続けるのである。花を思う心を自分ではコントロールすることができないからこそ、自問自答し、身には帰らないと結論付けているのかもしれない。

*桜に心が奪われる―桜については「いつまでか野辺に心のあくがれむ花し散らずは千世も経ぬべし」（古今集・春下・九六・素性）、月については「月を見て思ふ心のままならば行方も知らずあくがれなまし」（金葉集・秋・一八九・肥後）などとある。

*旅など不特定の―たとえば「ここをまたわれ住み憂くて浮かれなば松は一人にならんとすらん」（山家集・一三五九）など。28で見る。

*散る花を惜しむ…―山家集・一一二七。

*吉野山花の…―山家集・一四五三。

08

覚えぬを誰《た》が魂《たましひ》の来たるらんと思へば軒《のき》に蛍《ほたる》飛びかふ

【出典】聞書集・一九二

誰の魂が私の所までやってきたのか、心当たりがないと思っていると、軒先《のきさき》に蛍が飛び交《か》っているのであったよ。

この歌で特徴的なのは、「誰が魂の来たるらん」と、魂が軒端《のきば》にやってくることが当然のこととして捉《とら》えられていることである。蛍が人の住処《すみか》を訪ねるというのは、白居易の詩句に「*空夜《こうや》ニ窓閑《まどしづ》カナリ蛍度《わた》ツテ後《のち》。深更《しんかう》ニ軒白シ月ノ明ラカナル初《はじめ》」とあり、漢詩の風情《ふぜい》が漂う。

しかし、西行のこの歌にみられる蛍を魂《たましい》と錯覚したことは、和泉式部《いずみしきぶ》の有名な「*物思へば沢の蛍もわが身よりあくがれいづる魂《たま》かとぞみる」に拠《よ》ると

*空夜ニ窓閑カナリ―和漢朗詠集・夏夜・一五二・白居易。夕闇の中、蛍が窓の外を飛んでおり、夜が更けると軒端が月光によって白く浮き出るという光景を詠ん

ころが大きい。西行はこの歌を特に好んでいたらしく、この歌の直前にも、「蛍」「沢」「魂」をよみ込んだ「*沢水に蛍の影の数ぞそふ我が魂やゆきて具《ぐ》すらむ」が置かれている。沢の水近くで飛ぶ蛍の数が増えていることを、自分の魂が知らない間に蛍の中に加わっているのだろうかと言うのである。蛍を自分の魂と見立てた和泉式部の歌と同じ趣向《しゅこう》であるが、一方で、この「誰が魂の来たるらん」という歌では、軒端に光るものを魂だと思ったが、よく見るとそれは蛍を見間違えていたとはっきり言うのである。魂を蛍に見立てるという伝統的な観念を上《かみ》の句《く》に置きながら、下《しも》の句《く》では、自分の目で見たままに捉えようとする写実的な意識がみられる。

　ちなみに、魂が軒端に訪れるということについては、和泉式部にもう一つ*謡曲の伝承があった。東国から京へ行脚《あんぎゃ》してきた僧が、*東北院に植えてある美しい梅木を見て、どのような梅なのか尋ねると、「軒端の梅」と名付けられた和泉式部が愛でた梅であった。夜になり、僧がその梅の木の傍《そば》で法華《ほけ》経《きょう》を唱えると、和泉式部の霊《れい》が現われたと言うのである。

　和泉式部の「魂」のイメージを和歌や伝承から取り入れながら、西行自身が目にした現実を写し取ることも忘れてはいないのである。

だもの。

＊物思へば沢の……―後拾遺集・神祇・一一六二。男に捨てられた式部が貴船神社に参詣し、夜、御手洗川に蛍が飛ぶのを見てよんだ歌。

＊沢水に蛍の……―聞書集・一九一。

＊謡曲の伝承―世阿弥の謡曲「軒端の梅」のもととなっている。

＊東北院―和泉式部が仕えた上東門院彰子のために父藤原道長が建てた寺で、法成寺の東北の方角にあった別院。

09

あはれいかに草葉《くさば》の露のこぼるらん秋風立《た》ちぬ宮城野《みやぎの》の原

【出典】西行法師家集・一七〇、新古今集・秋上・三〇〇

ああ、今頃はどんなにか草葉の上に露がこぼれていることだろう。秋風の立つあの宮城野の原には。

現代の私たちにも、歌の情景が直接伝わってくるような歌である。「あはれいかに」と言葉にならない感情が溢《あふ》れるような詠《うた》い方である。そして、一首の調《しら》べはどこか哀《かな》しげである。それは、この歌が立秋《りっしゅう》の歌であることや、秋という季節が本来持つ寂しげなイメージにも拠《よ》っていよう。しかも「あはれいかに」と思っているのは、想像している「宮城野の原」なのである。

「宮城野の原」は現在の宮城県仙台市、陸奥《みちのく》の歌枕《うたまくら》で、古くから露と萩《はぎ》の

名所として歌によまれてきた。『源氏物語』桐壺巻《きりつぼ》には、桐壺の更衣《こうい》が亡くなったとき、桐壺の更衣の母のもとへ桐壺院が届けた「宮城野の露吹きむすぶ風の音に小萩がもとを思ひこそやれ」という、「宮城野の露」に桐壺院の涙を、「小萩」に幼い光源氏をなぞらえた歌がある。この桐壺院の歌が、歌枕「宮城野の原」をさらに有名にした。西行にも『源氏物語』*の巻名を題にした歌があり、この歌の「宮城野の原」に、人の死やその死を悼《いた》む涙のイメージを持たせている可能性があろう。

「宮城野の原」のある奥州《おうしゅう》と西行は縁が深い。彼は約百年にわたって奥羽《おうう》を治めてきた奥州藤原氏と血縁関係にあり、出家後二十七、八歳の頃と文治《ぶんじ》二年（一一八六）の二度にわたって奥州へ赴《おもむ》いている。その奥州藤原氏は、西行が没する前年の文治五年（一一八九）七月、この歌で言う「秋風立ちぬ」つまり立秋の頃に始まった頼朝《よりとも》による討伐《とうばつ》によって滅亡することになるのである。

この歌がいつよまれたのか*ははっきりしない。しかし、この歌に表わされている哀調《あいちょう》は、西行が奥州藤原氏の滅亡を予感していたのではないかと思わせるものがある。一方で、この哀調は、東日本大震災に見まわれた現代の私たちにとっても、深く共感できるものとなってしまったのではなかろうか。

＊源氏物語の巻名―夫木和歌抄・三六・哀傷・一七〇三一に「源氏物語の巻々を見るによみける」として早蕨《さわらび》巻をよんだ「もえいづる峰の早蕨なき人の形見につみて見るもはかなし」という西行の歌一首が見える。

＊いつよまれたのか―この歌は文治三年成立の自歌合、御裳濯川歌合に採られている。したがって奥州藤原氏の滅亡以前であることは確かである。

10

心なき身にもあはれは知られけり鴫《しぎ》立つ沢の秋の夕暮

【出典】山家集・四七〇、新古今集・秋上・三六二

物のあわれとは無縁《むえん》と思われるような出家者の私にも、鴫が飛び立つこの沢の秋の夕暮のしみじみした情趣《じょうしゅ》に心が動かされることであるよ。

後世、「三夕《さんせき》」の歌の一首として有名になった歌である。

しかし、西行存命中の勅撰集《ちょくせんしゅう》である『千載集《せんざいしゅう》』には選ばれなかった。『千載集』の編纂時《へんさんじ》に東国《とうごく》にいた西行は、この歌が載《の》っているかどうか気になり京へ戻る途中、選ばれていないと人づてに聞いて引き返したという逸話《＊いつわ》が残されている。一方で、西行の死の約二十年後に編纂された『新古今集』や、その後の『自讃歌《じさんか》』等に採《と》られて、高く評価されることになった。

【語釈】○心なき身―俗世を離れた出家者の心、情趣を解する心がない身として卑下していると解される。

＊逸話―鎌倉時代の今物語や室町初期の頓阿《とんあ》の井蛙抄《せいあしょう》に見える。

ある人いはく、千載集の

初句「心なき身」は身と心の表現を多くよむ非常に西行らしい表現のように感じるが、平安中期の歌僧である増基《ぞうき》法師の歌の詞書に「*心なき身にもあはれなること限りなし」とあり、夜に吹上の浜で鶴をはじめとした様々な鳥が鳴いていることを見た時に用いている。また、西行と同時代歌人である藤原季通《すえみち》の歌にも「*心なき我が身なれども津の国の難波の春に耐えずもあるかな」と「心なき我が身」という表現がある。これは、01の歌でも触れた能因《のういん》の「*心あらむ人に見せばや津の国の難波わたりの春のけしきを」を下敷きにしている。能因がもののあわれを解する人に見てほしいと詠《うた》ったのに対して、季通はもののあわれを解する心がなくても心を動かされると言う。西行のこの歌もまた、能因の「心あらむ」の歌を意識していると言われている。

一方で、西行のこの歌は、能因の歌の世界に留まらない独自の視点が多くみられる。まず、「あはれは知られけり」が独自の感覚をよんでいるということが挙げられる。この歌では、「もののあはれ」を知ることができるという意味であるが、厳密に言えば、「あはれ」と「もののあはれ」は意味が異なる。「あはれ」が、自分の感情を表わす表現であるのに対し、「もののあはれ」は、事物に触発されて感じる情趣を指す。「あはれぞ知られける」とい

頃、西行、東国にありけるが、勅撰ありと聞きて上洛しける道にて登蓮《とうれん》に行き合ひにけり。勅撰の事訊ねけるに、「はや披露して御歌も多く入りたり」と言ひけり。「鴫立つ沢の秋の夕暮といふ歌や入りたる」と問ひければ、「それは見えざりし」と答へければ、「さては見て要なし」とて、それよりまた東国へ下りけると云々。
(井蛙抄)

*心なき身にも……──増基法師集・五に、「紀国の吹上の浜に泊まれる、月いとおもしろし。この浜は天人つねに下りて遊ぶと言ひ伝へたる所なり。げに所もいとおもしろし。今宵の空も心細うあはれなり。夜の更けゆくままに、鴫の上毛《うはげ》の霜うち払ふ風も空さびしうて、鶴《たづ》はるかにて友をよぶ声も、

う自分自身でしみじみとした情趣の類型的な表現は以前からあったが、「あはれは知られけり」という表現は、西行の*オリジナルである。「鴫立つ沢の秋の夕暮」に触発されて知ることができた「あはれ」であるから、強調の「ぞ」ではなく、「あはれ」が主題であることを明らかにするために主題を示す「は」を使ったと言えよう。

次に、「秋の夕暮」に詠われている情景が、斬新《ざんしん》であることが挙げられる。「秋の夕暮」は、「*何となくものぞ悲しき菅原や伏見の里の秋の夕暮」など、もの悲しさを感じるというのが伝統的であり、『源氏物語』などでも、物思いをする場面にしばしば表われる。これに対して、西行歌で表わされているのは、「秋の夕暮」から感じ取れるもの悲しさではなく、そこに広がる情景から受けた感動がよまれている。

さらに、「鴫立つ沢」が個性的な場所であることが挙げられる。「鴫立つ沢」の情景は、西行以前には歌に現れないものである。沢は、低湿地であり、手つかずの沼地のことである。保護色をしている鴫は、目を留めようという意識がなければ、夕暮の沢の中に溶け込んで、存在感はなかったはずである。西行の気配《けはい》や足音などの物音に驚き、羽音を立てて飛び立てば、それ

さらに言ふべきかたもなう哀れなり。それならぬ様々の鳥ども、あまた洲崎にもむらがれて鳴くも、心なき身にもあはれなることかぎりなし」とある。

*心なき我が身…―千載集・春下・一〇六・藤原季通。

*心あらむ…―後拾遺集・春上・四三。

*オリジナルである―「…のあはれぞ知られける」といった表現が、人間が自発的に「あはれ」を発見するものであったのに比べると、西行の「あはれは知られけり」は自然によってそこにある「あはれ」に気づかされるという趣きがあり、そこに西行独自の感覚がある。

*何となく…―千載集・秋上・二六〇・源俊頼。

までの静寂は一瞬にして消失する。そして、その鴫の羽音に驚き、飛んでいく方向に目をやることによって、そこに夕暮の情景が広がっていく。

加えてこの歌は、冒頭に述べたように「三夕」の歌の一首であり、これらの三首は、『新古今集』の秋部に並んで配列されている。まず、寂蓮《じやくれん》の「さびしさは*その色としもなかりけり真木たつ山の秋の夕暮」では、寂しさはどこかに気配があるというわけではないと、秋の夕暮と作者の寂しさは別々のものとしてよまれている。次に西行のこの歌、そして藤原定家《ていか》の「見渡せば*花も紅葉もなかりけり浦の苫屋《とまや》の秋の夕暮」が続く。定家の歌では、見渡すと春の花も紅葉も何もない浜辺の苫屋がある秋の夕暮であると、幻影と実景がよまれており、そこには作者の心は表現されていない。それに対して、西行の歌では、鴫立つ沢の秋の夕暮から受けた感動が表現されており、秋の夕暮が作者に影響を与えている歌であると言えよう。寂蓮と定家の「三夕」の歌もまた、「秋の夕暮」から伝わるもの悲しさをよんではおらず、伝統的な「秋の夕暮」から逸脱《いつだつ》している歌と言えよう。

西行自身が評価し、新古今歌人に評価をされたのは、このような西行独自の「秋の夕暮」の情景を生み出したことにあったのではないだろうか。

*さびしさは……──新古今集・秋上・三六一。

*見渡せば……──新古今集・秋上・三六三。

11

朽《く》ちもせぬその名ばかりをとどめ置きて枯野《かれの》の薄《すすき》形見にぞ見る

【出典】山家集・八〇〇、新古今集・哀傷・七九三

ここには実方《さねかた》という名前だけが朽ちることなく残り、霜枯れの薄をまるでその形見として見るばかりである。

西行が、初めて奥州に旅をしたとき、現在の仙台市付近で霜枯《しもが》れの薄の中に、由緒《ゆいしょ》ありそうな古塚を見つけ、それが藤原*実方《さねかた》の墓だと知ってよんだ歌である。実方は、一条天皇の逆鱗《げきりん》にふれ、「陸奥《みちのく》の歌枕見て参れ」と言い渡されて奥州に左遷《させん》されたという伝承を残している。

「枯野《かれの》」や「薄《すすき》」は、*「霜枯れて枯れ野に立てるむら薄篠《しの》におしなみ雪降りにけり」と、実方自身の歌にも詠われている。西行が「枯れ野の薄」を形見

【詞書】（要約）陸奥国《みちのくに》へいった時に、野中に他とは違う何か由緒のありそうな塚があった。土地の人に尋ねると、中将の墓と言う。中将とは誰かと尋ねると、実方中将だと言う。ただでさえ哀れに感じていたので、ひどく悲しくなり、霜枯れの

と見たのは、実方のこの歌を思ってのことであろう。『伊勢物語』の中で＊在《あり》原業平《わらのなりひら》も、東国に下ったとされるが、その業平には、奥州の地で薄に貫《つらぬ》かれた小野小町《おののこまち》の髑髏《どくろ》と対面する伝承があった。業平が小町の最期《さいご》の地を知ったことになぞらえて、西行は実方の墓を見つけ出そうとしていたようにも感じてしまう。さらにこの歌の「その名ばかりをとどめ置きて」という表現は、「竜門原上《りゅうもんげんじょう》ノ土、骨ヲ埋《うづ》ンデ名ヲ埋《うづ》マズ」と、死しても亡き友の詩人としての名声が残ることをよんだ＊白居易《はくきょい》の詩句による。西行によって発見された実方の墓、業平によって発見された小町の髑髏は、詩に名前だけがそこに残っているというこの白居易の詩句と同じ発想であろう。

二十代末に出かけた西行の初度《しょど》の奥州の旅は、能因の歌枕探訪のためだと言われるが、この歌が非常に長い詞書によって詳述《しょうじゅつ》されているのは、この地が歌枕になることを意図《いと》したためのようでもある。後世、＊芭蕉《ばしょう》は、『奥の細道』でこの西行の歌に惹《ひ》かれて実方の墓を訪ねようとした。

西行が奥州の旅でこの歌をよまなければ、実方の伝承が残らなかった可能性が高い。不遇《ふぐう》な最期を詠った古歌《こか》や漢詩などを踏まえることによって、西行は実方の伝承を後世に伝える役も担《にな》っていたのである。

薄が遠くまでほのぼのと広がっていて、語り伝える言葉もないように感じて。（山家集）

＊藤原実方―九九四年左近中将で陸奥守に任じられ、四年後、四十前後で同地に没した。花山院の歌壇で活躍した歌人。現在も宮城県名取市の愛島塩手の地に、実方の墓とされるものがある。

＊霜枯れて枯れ野に…―実方集・冬・一九〇。

＊在原業平―平安初期の歌人。平城天皇の孫。『古今集』に三十首とられている。『伊勢物語』の主人公に仮託されている。

＊白居易の詩句―和漢朗詠集・文詩 付《つけたり》 遺文・四七一。

＊芭蕉―江戸初期の俳諧師。旅を多くし『野ざらし紀行』『鹿島紀行』『笈《おい》の小文《こぶみ》』などの紀行文を残している。

12

きりぎりす夜寒《よさむ》に秋のなるままに弱るか声の遠ざかりゆく

【出典】西行法師家集・二七〇、新古今集・秋下・四七二

夜の気温が下がり寒くなるにしたがって、衰弱《すいじゃく》したのだろうか。秋の盛りには近くに聞こえていたコオロギの声が、遠くで小さく聞こえるようになった。

この歌は、コオロギ*を主題にした歌であり、秋が深まり気温が下がっていくにつれて、近くでは聞こえなくなってきたことがよまれている。古来コオロギは声を鑑賞するものであった。コオロギの声が弱くなることは、たとえば*源俊頼《みなもとのとしより》の歌に「鳴き返せ秋に遅るるきりぎりす暮れなば声の弱るのみかは」*などと詠われている。コオロギが衰弱することを思い遣《や》ることが、この西行の歌の特徴である。

*コオロギ―歌には「きりぎりす」とあるが、古くはコオロギのことを言った。

*源俊頼―平安期の歌人。金葉集の撰者。家集に散木奇歌集、歌論に俊頼髄脳がある。

西行にこうした歌があることは、西行にとっていかにコオロギが身近な存在であったことを示している。別の歌では「*秋の夜をひとりやなきて明かさまし伴ふ虫の声なかりせば」ともよんでおり、自分が泣くこととコオロギが鳴くことを重ね合わせて、共に秋の夜を過ごす友人のように扱っている。さらに「*その折の蓬《よもぎ》がもとの枕にもかくこそ虫の音《ね》には睦《むつ》れめ」という歌では、廃屋《はいおく》のような荒れた住まいの枕の下でコオロギが鳴く声を聞いて、私が臨終《りんじゅう》の時を迎えても今と同じようにコオロギの音に親しんでいられるだろうかと詠《うた》う。コオロギは、西行の最期の時まで共に過ごす親しい友と感じられているのである。

西行が心を通わせ、友のように慕《した》っているものは、コオロギだけではない。たとえば「*谷の間にひとりぞ松も立てりける我のみ友はなきかと思へば」では松が、「*水の音は寂しき庵《いほ》の友なれや峰の嵐の絶え間絶え間に」では水の音が、「*ひとり住む庵《いほり》に月の射しこずは何か山辺の友とならまし」では月が友なのである。庵での侘《わ》び住まいをする西行にとってこうした自然は、単に近くにあるというだけではなく、常に心を通わせ愛《いと》おしくさえ思う対象としてあった。この歌は、そうした庵での西行の心の機微を知ることのできる一首である。

*鳴き返せ……——散木奇歌集・五六二。詞書「秋の暮れにきりぎりすの鳴くを聞きてよめる」。

*秋の夜を……——山家集・四五一。

*その折の……——山家集・七七五。詞書「物心細くあはれなる折しも、きりぎりすの枕近う聞こえければ」。

*谷の間に……——山家集・九四一。孤独なのは自分だけだと思っていたら松もそうだったという。

*水の音は……——山家集・九四四。

*ひとり住む……——山家集・九四八。

13

秋篠《あきしの》や外山《とやま》の里や時雨《しぐ》るらん生駒《いこま》の嶽《たけ》に雲のかかれる

【出典】西行法師家集・六一九、新古今集・冬・五八五

秋篠の地と外山の里は、今ごろ時雨れているのであろうか。雲がかかれば雨が降るという生駒の嶽に雲がかかっているのが見えるよ。

この歌は、新古今時代に非常に評価が高かった歌である。西行自身が「宮河《みやがわ》歌合《うたあわせ》」に選んでいるが、後鳥羽院《ごとばいん》も隠岐配流《おきはいる》の晩年に選んだ「時代不同歌合《じだいふどううたあわせ》」に載せている。また、定家が『古今集』から『新古今集』までの八つの勅撰集の中から十首ずつを集めた『八代集秀逸』にもこの歌は選ばれている。

「秋篠」の地には、*秋篠寺《あきしのでら》がある。この寺は、保延《ほうえん》元年（一一三五）の火災によって主要な伽藍《がらん》を焼失しているので、詠われているのは秋篠寺再建以前の

【語釈】○秋篠―現在の奈良県奈良市の秋篠町あたりの地。○生駒の嶽―河内国と大和国を結ぶ往還にあった山。

*秋篠寺―火災があった保延元年、西行はまだ十八歳、兵衛尉《ひょうえのじょう》という官職を得た

荒廃《こうはい》したイメージであろう。「秋篠」の語は、新古今歌人の藤原良経《よしつね》の家集《かしゅう》『秋篠月清集《あきしのげっせいしゅう》』にも使われており、響きも心地よい。二句目「外山」は、「深山《みやま》」に対して人里近い山をいう語である。「外山の里」とは直訳すると人《ひと》里《ざと》近い里という意であるが、ここでは、奈良盆地外周の山にある出家者の庵《いおり》や、山人《やまびと》といわれる木樵《きこり》などの住まいなどがある場所を指すであろう。

「生駒」は、河内《かわち》国と大和《やまと》国を結ぶ重要な交通路であり、古来、*生駒山に雲がかかると雨が降ると考えられていたようである。西行は、生駒の嶽にかかった雲を見て、「秋篠」と「外山の里」が時雨《しぐ》れていることを思い遣ったのである。一方で「生駒」は*山岳信仰《さんがくしんこう》の地としても知られ、「嶽」と言っているのは、「生駒山」を山岳信仰の地として見ていることを示すのであろう。

またこの歌は、感嘆《かんたん》の意を示す切れ字の「や」が、「秋篠」と「外山の里」の二箇所に使われている珍しい歌でもある。単に眺望《ちょうぼう》をよんでいるのではなく、二つの地にいる人のことをそれぞれに*思い遣っていることを示すと考えられる。さらに、この歌は「秋篠」「外山の里」「生駒の嶽」と、西行とその周辺の歌人が盛んに使い始めた地名によって構成された壮大なものであり、そのことが、秀歌としてこの歌を自他ともに認めさせたのだと思われる。

年である。再建されたのは西行没後の鎌倉時代に入ってからのことである。

*生駒山に雲がかかると―伊勢物語二十三段「筒井筒」の後半に、雨が降っても雲よ生駒山を隠さないでほしいとよんだ「君があたり見つつを居らむ生駒山雲な隠しそ雨は降るとも」という歌がある。

*山岳信仰の地として―西行は家集の中で、「御嶽《みたけ》」「千《ち》草《ぐさ》の嶽」「転法輪《てんぼうりん》の嶽」なども使われている。

*思い遣って―宮河歌合の判に「生駒の嶽の雲を見て外山の里の時雨を思へる心、猶をかしく聞え侍れば、左勝とや申すべからむ」とあり、外山の里を思い遣ることを定家は評価している。

14

吉野山《よしのやま》ふもとに降らぬ雪ならば花かとみてや訪《たづ》ね入《い》らまし

【出典】山家集・五六五、続千載集・冬・六七一

吉野山に降る雪がこの麓《ふもと》にまで降らなければ、桜の花びらが散っていると思い、桜を探しに分け入っていくであろうよ。

西行が桜の花を繰り返しよむことによって、吉野は桜の地として定着した。この歌も「吉野山」と「花」の語があるため、桜をよんだ歌だと感じてしまうが、実際は雪の歌である。

吉野は、『古今集』の「朝ぼらけ有明の月とみるまでに吉野の里に降れる白雪」*という歌にもあるように、古くは雪の名所であった。西行も、「霞まずは何をか春と思はましまだ雪消えぬみ吉野の山」*と、雪が消えぬ吉野の春

*朝ぼらけ有明の……古今集・冬・三三二・坂上是則。
*霞まずは何をか……山家集・一一。

を詠《うた》い、「*山桜初雪降れば咲きにけり吉野の里は冬籠《ご》もれども」と、吉野の初雪を山桜が咲いたことに見立《みた》てる歌をよんでいる。

吉野の地で雪を桜に見立てた歌をよんだのは、西行が最初ではない。素性《そせい》法師が執筆したとされる屏風歌《びょうぶうた》に、「*白雪の降り敷く時はみ吉野の山下風に花ぞちりける」という歌がある。この歌は、屏風歌であるから、実際の吉野を見てよんだ歌ではない。そのため、吉野山の麓《ふもと》に雪が降り敷くことを、麓に吹く風に花が散っているようであるとしたのである。これに対し、西行は、吉野の桜が山頂を中心に広がっていることを熟知《じゅくち》していたからこそ、桜のことを「ふもとに降らぬ雪」とよめたのである。桜が吉野山の山上を中心に広がっているのは、*蔵王《ざおう》権現の御神木《ごしんぼく》であり、蔵王権現に参詣《さんけい》する際に、桜を植えることにより利益《りやく》が得られるという古くからの信仰のため、桜の木が植え続けられたこととも関係していよう。

西行のこの歌は、吉野の雪を冷静に観察しており、歌の技巧として桜に見立てようとはしていない。07で桜に対する思いは、桜に留まり続けるとよんでいたが、この歌は、それを裏付けるかのように、吉野の雪を見ても桜であればいいのにと空想していることがよまれている一首であると言えよう。

*山桜初雪降れば……―山家集・五一二。

*白雪の降り敷く……―古今集・冬・三六三。

*蔵王権現の御神木―修験道の開祖とされる役小角《えんのおづの》が吉野の桜で権現像を彫ったことに由来する。現在も金峯山寺の花句供会式は、この蔵王権現像に桜の花を奉る儀式である。

15

播磨《はりま》潟灘《がたなだ》のみ沖《おき》に漕《こ》ぎ出でてあたり思はぬ月を眺《なが》めん

【出典】山家集・三二一

播磨潟の灘の沖の沖合《おきあい》まで舟を漕ぎ出して、周りのことを気にしないで心ゆくまで月を眺めていよう。

ここから四首、西行が「桜*」と並んで強く思いを寄せた「月」の歌を取り上げる。この歌は、西行にしかよみ得ない月見の歌である。

「播磨潟灘《はりまがたなだ》のみ沖」とは、淡路島《あわじしま》と小豆島《しょうどしま》に挟《はさ》まれた播磨の沖合であり現在の播磨灘を指す。瀬戸内海の中ではもっとも島数の少ない穏《おだ》やかな海域で、島影も低く、月の出から入りまで、全体を見渡すことができる海である。そのため舟で漕ぎ出せば、誰にも邪魔されることなく月を眺めることが

*桜と並んで―この歌は、西行が晩年に自身の歌の中から三百六十首を選び出した「山家心中集」にも載っている。この家集は最初に花と月の歌をまとめて載せており、別名「花月集」ともいわれた。西行にとって花と月がいかに重要であったか

できる。そのような海域だからこそ、西行は「あたり思はず」月を眺《なが》めるのに適した場所として選んだのである。「播磨潟」は歌によまれることが珍しく、その後の歌にもほとんど出てこない。西行の次の世代と言える新古今時代には、積極的に新しい歌枕《うたまくら》をよもうとする機運《きうん》が生まれるが、西行のこの歌は、そうした機運の先駆《さきが》けでもあった。

『山家集』にある「月の歌あまたよみけるに」*という連作《れんさく》では、月が山の端《は》から出るときの歌で始まり、夜明けの月までさまざまな月の姿をよんだ歌が続いている。これは西行のあらゆる月を眺め尽くしたいという意識によるものであろう。月は、出家者《しゅっけしゃ》にとって単なる鑑賞の対象ではなく、宗教的な*意味合いもある。出家者としての西行は、月や桜をよむことを仏道の妨《さまた》げとは考えておらず、むしろ、積極的によもうとする姿勢が窺える。

出家前から好んでいた月は、出家後に単なる世俗《せぞく》の景物として避けるべきものにはならなかった。さらに、出家者として様々な地に赴《おもむ》き、月を見ることが可能だった。そのことが、「播磨潟」の灘を西行独自の月の名所とし、しかも舟をこぎ出して、独り占めをして眺めつくしたいという着想が生まれたのであろう。

が分かる。

＊月の歌あまた……―山家集・三三七〜三七八と四十二首も続く。

＊宗教的な意味合い―たとえば月輪観《がちりんかん》など、月は仏者の観法の対象としてあった。

16

なかなかに時々《ときどき》雲のかかるこそ月をもてなす飾《かざ》りなりけれ

【出典】山家集・三六一

月に時々雲がかかっているのは、かえって月をもてなす飾りであって、厭《いと》うどころか喜ばしいことであるよ。

月を隠す雲は、本来月を愛《め》でるためには邪魔な存在のはずである。西行自身も「いかばかり嬉しからまし秋の夜の月澄む空に雲なかりせば」*と、雲がなかったらどんなに嬉《うれ》しいであろうと手ばなしでよんでいる。しかし、この歌ではその邪魔なはずの雲が、よく見てみると月を美しく見せるための月の飾りとなっていると言うのである。

この逆説を可能にしているのが、西行が好んで用いる「なかなかに」*とい

*いかばかり…──山家集・三一〇。

*「なかなかに」という──たとえば「なかなかに慣るる

う表現である。「なかなか」には、物事の予想や常識と逆の状況が起こることを示す「逆に〜だ」あるいは「かえって〜だ」という意味があり、その後に常識的な視点とは異なる判断をすることが表わされる。しかも、邪魔なはずの雲が「月の飾り」となることを強調するため、係《かか》り結《むす》び「こそ〜けれ」を使っている。ここには、厭われるはずの雲が、逆に月を効果的に見せてくれていることを発見した喜びが込められているのである。

「もてなす」は、本来、人が何か振る舞いをすることを意味する表現である。この表現を西行は、必ず月と共によんでおり、この歌では、雲が月を美しく飾るという行為をしている。例えば、「*今宵はと心得顔《こころえがお》にすむ月の光もてなす菊の白露」という歌では白露《しらつゆ》が月の光を美しく輝くようにもてなすことをよんでいる。「*葎《むぐら》しく庵の庭の夕露を玉にもてなす秋の夜の月」では、粗末な庵の庭の白露を、月が玉のように美しく輝かせていることを「もてなす」と詠っている。これらの西行の歌では、自然の景物である月や雲や露が人のように振る舞っているのである。

*吉田兼好《よしだけんこう》が、「花は盛りに、月は隈なきをのみ見るものかは」と、花は満開の時を、月は雲に邪魔されず光り輝いている時だけを見るべきであろうか

辛さにくらぶれば疎《うと》き恨みは操《みさを》なりけり」（山家集・六八一）では、逢えた後で逢えなくなる辛さに比べれば、かえって逢えずにいる恨みのほうが心が揺れ動かなくて良いとよむ。

*今宵はと……―山家集・三七九。

*葎しく……―聞書集・九〇。

*吉田兼好―鎌倉末期の歌人、『徒然草』の作者、随筆家。和歌四天王の一人とされる。

と『徒然草《つれづれぐさ》』一三七段で語ったのは、この歌のように雲が月を遮《さえぎ》ることが月の飾りとなり、かえって月を美しく見せるという状況によるのかもしれない。

先に挙げた西行の歌では、雲、月、露などが心を持ち、他の自然物を美しくもてなすように働きかけていたが、自然が心を持っているように人に応対する、あるいは気遣《きづか》うというこの表現は、松尾芭蕉《ばしょう》へと引き継がれてもいる。芭蕉の真蹟《しんせき》とされる貞享《じょうきょう》二年（一六八五）八月十五夜の作に「*雲折々《をりをり》人を休むる月夜かな」という句があるが、芭蕉は明らかに、月見の人を雲が休ませるように気遣っているという発想でよんでいる。この句には「西行の歌の心をふまへて」という題が記されているが、「西行の歌」というのは、この「なかなかに」の歌であると言われている。西行歌で、雲が月をもてなしていたところを、芭蕉は、雲が時々月を隠して月見の客の心を休ませていると取りなしたのである。この「雲折々」の句は、七年後の元禄《げんろく》四年（一六九一）の八月十六日、近江の堅田《かただ》で月を観賞した際にも再度持ち出されているから、芭蕉は西行のこの歌と自身の句が気に入っていたのであろう。

芭蕉には、蕎麦《そば》に心があるとよんだ句もある。「*蕎麦はまだ花で饗応《もてな》す山路かな」という句がそれである。蕎麦はまだ実をつけていないので食べさせ

*雲折々……貞享二年の「春の日」所収。他に「続虚栗《みなしぐり》」「泊船集」など。

*蕎麦はまだ……元禄七年九月三日の作。「続猿蓑《さるみの》」「芭蕉翁追善日記」所収。

てもてなすことができない。だから、蕎麦畑を一面の白い花で蔽《おお》うことによって客人《きやくじん》をもてなしているというのである。「もてなす」という表現は、人以外のものを主語としてさまざまな行為や動作を表わすようになり、自然の有情化《ゆうじようか》という自然に心があるようにみなす芭蕉得意の表現となっているのである。それは、西行が月や雲に心を見ることに通底しているのである。

西行に対する芭蕉の傾倒《けいとう》は、表現の上だけに留《とど》まっていなかった。『笈《おい》の小文《こぶみ》』*の冒頭に「西行の和歌における、宗祇《そうぎ》の連歌における、雪舟《せつしゆう》の絵における、利休《りきゆう》が茶における、その貫通する物は一《いつ》なり。しかも風雅におけるもの、造化《ぞうか》に従ひて四時《しいじ》（四季）を友とす」と記し、西行の和歌に始まり、宗祇の連歌、雪舟の絵、利休の茶道は、同じ精神であり、風雅や、自然にしたがって季節を友としているところが同じであると言うのである。

西行の歌の背景にある自然や季節の捉《とら》え方は、芭蕉を強く惹《ひ》きつけた。芭蕉は、西行の歌を単に『奥の細道』を始めとする紀行文などに取り入れただけでなく、その歌の持つ精神性までも読み解こうとした。このような芭蕉の西行歌に対する傾倒は、西行とその歌を広く世に知らしめる一端を担っていると言えるのである。

*笈の小文―貞享四年（一六八七）十二月から東海道を下って故郷の伊賀まで旅をした時の紀行文。

17

忌《い》むといひて影も当たらぬ今宵《こよひ》しも割《わ》れて月見る名《な》や立ちぬらん

【出典】山家集・一一五四

月食の今夜、人は不吉だと言って家に籠《こ》もり、月光にも当たらないようにしているが、月食さえ眺めることがまた知られてしまい、噂が立つことであろうよ。

これは、月食《げつしよく》*（月蝕）をよんだ非常に珍《めずら》しい歌である。月食は、日食とともに古代から恐るべきものと見なされてきた。それは、月や太陽が神や仏に喩《たと》えられるため、それが浸食《しんしよく》されて消えるという事態は、忌むべきものだったことによる。月食の際に宮中で読経《どきよう》や祈禱《きとう》が行われたのも、月が欠けることが老いや死を意味していたからである。加えて、『竹取物語』に「月の顔を見ることは忌むこと」とあるように、月を見ることそのものが不吉で

【詞書】月蝕を題にて歌よみけるに。

【語釈】○割れて―秘密などが露見して。○名や立つ―「名に立つ」は噂が立って有名になること。

*月食―西行が出家後から死ぬまでの間に、当時四十回

あるという感覚もあった。

周知《しゅうち》のように、月は一方で愛《め》でるべき対象であり、八月十五夜に中秋《ちゅうしゅう》の明月《めいげつ》を眺めるという中国伝来の風習は、平安時代以降日本でも盛んになった。西行も月の歌を好んでよんだことは見てきたとおりであり、「濡るれども雨もる宿の嬉しきは入り来《こ》ん月を思ふなりけり」*と、屋根に穴が空《あ》いていても、そこから月光が差し込むかと思えば嬉しいとまでよむ。さらに、「影薄み松の絶え間を漏り来つつ心細しや三日月の空」*では、和歌では珍しい三日月のある空をもよみ込んでいる。

この歌は、月食をテーマとしてよんだ歌であるから、実際に西行が月食を見たかどうかわからない。しかし、月について「割れて月見る名や立ちぬらん」とあることから、西行ならば月食さえも見るに違いないという印象が、当時の人々の間であったことを意味しているであろう。

すでに06の歌でみたように、「花の名立て」と西行が自分自身を捉え、桜の花を愛でることが噂になっていることを認識していた。月についても、西行は、月食さえも見るという噂が立つことになるほどに眺めていた。しかも、それは狂気じみていると噂になるほどであることを自覚していたのである。

以上月食があったという報告がある。

*濡るれども……─山家集・九五五。

*影薄み……─山家集・一一五一。三日月の光は薄いので松の絶え間からかろうじて洩れてくる光も心細い。

18

いかで我清く曇《くも》らぬ身となりて心の月の影を磨《みが》かん

【出典】山家集・九〇四

どのようにしたら、穢《けが》れのない澄んだ身となって、この身の中に宿っている心の月の光を磨くことができるだろうか。

【詞書】月を題にて歌よみけるに。

＊いかで我今宵の……―山家集・七七四。

＊いかで我心の……―山家集・一四〇五。この他にも「いかでわれ谷の岩根の露けきに雲ふむ山の峰にのぼらむ」

西行が、仏道修行者《ぶつどうしゅぎょうしゃ》として月に向かい合った一首である。「いかで我」は、内省《ないせい》する自分を指す西行の愛用語であった。「いかで我今宵の月を身に*そへて死出の山路の人を照らさん」では、死者の救済《きゅうさい》をしたいと表明し、また「いかで我心の雲に塵すべき見るかひありて月を眺めん」*では、どうして私は煩悩《ぼんのう》という雲で覆《おお》われてしまうのか、雲がかかっていない綺麗《きれい》な月を、綺麗な心で見たいと願う。これらの「いかで我」には、仏道修行者としてどのように処《しょ》したらいいかという、西行の苦悩《くのう》が表われている。

この歌では、自分自身である「我」を、「清く曇らぬ身」と「心の月」の心に分離した存在として捉《とら》えている。仏教の世界では、心を「穢心《えしん》」と「本心」に、身を「穢身《えしん》」と「本身」に分ける捉え方がある。右の歌で言えば、「清く曇らぬ身」が「本身」であり、そこに「心の月」が宿るのが「本心」ということになるであろう。

西行に「身」と「心」を詠《うた》った歌が多いことは07でも触れたが、たとえば「心から心に物を思はせて身を苦しむるわが身なりけり」*という歌では、心は思わすものと思わされるものに分類され、それによって苦しめられる身と、それら全体を含んでいるわが身という詳細な分析《ぶんせき》がなされ、自分自身を冷静に客体化して見据《みす》えている。

西行にとって、月は観賞のためのものだけではなく、仏道とも深く結びついていた。そして、自分自身が「清く曇らぬ身」となりたいという思いの強さが、月を前に苦悩させることになる。求めてもなお救済されていない自分を率直に示していると言えよう。

（聞書集・一三八）などとある。

＊心から心に……―山家集・一三二七。

19　いとほしやさらに心の幼《をさな》びて魂ぎれらるる恋もするかな

【出典】山家集・一三二〇

われながら嘆かわしいことである。恋のために心は子供のように思慮分別《しりょふんべつ》を無くしてしまい、魂がバラバラになるような切ない恋をすることよ。

ここからは、西行の恋の歌を三首みていくことにする。

この歌は、恋の始まりから終わりまでを歌にした連作《れんさく》*「恋百十首」中の一首である。俗世《ぞくせ》を捨てたはずの西行が、百十首もの恋の連作を残したことに、なんとなく違和感を感じるが、和歌にはその時々の感情に即して実体験をよむばかりではなく、あらかじめ決められたテーマで歌をよむ題詠《だいえい》という手法があった。院政期から様々な題のもとに歌がよまれるようになり、恋歌《こいうた》

【語釈】○いとほし―現代語では「愛《いと》おしい」と表記し、心が痛むほどかわいらしく思う様子をいう。しかし原義は「厭《いと》う」と同根で、対象から目を背けたくなることをいうとも、「労《いたわ》しい」が転じたものともいう。○魂ぎれ―魂がバラバラにな

も様々なバリエーションが生まれてくる。このような時流の中で、西行の「恋百十首」も生まれたのである。

この歌には、斬新《ざんしん》な表現が多く出てくる。まず、「いとほしや」という初句《しょ く》がそれである。これは、可愛《かわい》らしいという意味ではなく、情けない、見るに堪《た》えないという意味である。古語《こご》の世界では、自分を「いとほし」とは言わない。誰か他人について用いる表現である。この「いとほし」という語を、西行はもう一首、同じ「恋百十首」の「我のみぞわが心をばいとほしむ憐《あは》れぶ人の無きにつけても」*という歌で使っている。「我のみぞわが心をばいとほしむ」というのは、自分だけが自分の心を愛《いと》おしいとするナルシシズムではなく、恋をすることが原因となって、自分自身を傷つけてしまうことを情けなく思うことを意味する。そのように自分自身を情けなく思うのは、誰も自分のことを気の毒だと思ってくれないからだと言うのである。

次の「心幼ぶ」も、西行による新奇《しんき》な表現である。心が幼い、つまり幼稚であると言うのだが、言いかえれば、考え方が未熟で、思慮分別《しりょふんべつ》のないさまのことを言う。「さらに心の幼びて」とあるから、恋をすることによって心がより一層幼くなると言っているのだが、この表現については、西行と交流

ることで、「魂《たま》げる」と同義。

＊恋百十首―山家集の他に、鎌倉時代後期に夫木抄《ふぼくしょう》に恋百首として採られた。西行の「恋百十首」以前には、万代集に見える肥後の恋百首と、登蓮《とうれん》による恋百首がある。

＊我のみぞ…―山家集・一三〇五。

があった源頼政《よりまさ》にも「*我もさぞ思ふ思ひの家居《いへゐ》には今まで出でぬ心幼《をさ》な子」という歌がある。頼政は、今になっても俗世を捨てきれずにいる自分の心を幼い子ども同然だと言うのだが、これを踏まえるなら、西行の「心幼ぶ」という表現も、恋によって一層この世への執着が深く残っている状態を指して言っているのかもしれない。

さらに、四句目の「魂《たま》ぎれらるる」という言い方も稀少である。この表現に似たものに「魂《たま》散る」がある。恋に破れた和泉式部《いずみしきぶ》が、鞍馬《くらま》にある貴船神社に参詣し、「*物思へば沢の蛍もわが身よりあくがれ出づる魂《たま》かとぞみる」とよんだところ、「*奥山にたぎりて落つる滝つ瀬に魂散るばかり物な思ひそ」という*貴船明神の声が聞こえたという歌である。激しく流れる水の塊が滝に落ち、砕け散って水しぶきとなることと同様に魂が砕けるほど、物思いをすることを制止している。これに対して西行の「魂ぎれらるる」は魂が切り刻まれるとイメージしており、このことを自覚し、嘆かわしいと言うのである。

勅撰集《ちょくせんしゅう》の恋の部に、恋の始まりから終わりまでが配されているように、西行のこの連作は、ストーリーの展開がみられる。さらにこの連作には、*恋の歌に特化した表現が多いことや、月や花など西行が好んだ素材が出てこない

*我もさぞ……―教長集・九五七にみえる頼政の歌。

*物思へば……―後拾遺集・雑六神祇・一一六二。

*奥山に……―後拾遺集・雑六神祇・一一六三。

*貴船明神―祈雨・止雨の神。

*恋の歌に特化した表現―たとえば「永らへて人の誠を見るべきに恋に命の絶えん

だけではなく、出家者《しゆつけしや》らしい表現が全くないという特徴がある。西行は、交流のあった女房たちからしばしば来世《らいせ》への導師《どうし》のように位置づけられている。そのような西行が恋の連作をよむことによって、出家者としての生き方と、俗世にあって恋に物思う心の状態との違いを歌の世界であぶり出すということにもなっているのであろう。その違いを引き出すことによって、自身の来世を願う心を不動のものにする、あるいは俗世にある人々の来世を願う心をより明確にすることができたのではないかと思われる。

恋の苦悩を詠う一方で、西行は「世の中の憂きをも知らで澄む月の影はわが身の心地こそすれ」と、俗世に対する執着はないとも詠う。また、先の18の歌では、「我」における「身」と「心」を冷静に分析していた。「いとほし」や「心幼ぶ」、「魂ぎれらるる」といった斬新な表現を恋の歌に用いることを可能にさせたのは、そうした西行の冷静に分析をする姿勢ではないだろうか。恋することを嘆《なげ》かわしく厭《いと》わしいとするような発想は、俗世に対する執着を断ち切り出家をした西行だからこそできたのかもしれない。

ものかは」などといった思い切った表現がある。生き永らえて相手の本心を見てみたいから、恋のために死んでしまうのは嫌であるというのである。

＊世の中の…―山家集・四〇一「懐旧述懐」。

20

歎《なげ》けとて月やは物を思はするかこち顔なるわが涙かな

【出典】山家集・六二八、千載集・恋五・九二九

月が思い歎くように私を仕向けるのだろうか。いや、そうではない。それなのに、月のせいにしている私の涙であるよ。

この歌は『百人一首』に採《と》られてよく知られている。『千載集《せんざいしゅう》』では「月《げっ》前恋《ぜんのこい》といへる心をよめる」という詞書《ことばがき》を持ち、「月前の恋」という題で恋による苦悩をよんだ歌である。

平安時代、恋による女性の苦悩は、物《もの》の怪《け》（生霊や死霊）に化すと信じられていた。たとえば、『源氏物語』の中に、光源氏との恋に苦しんだ六条御《み》息所《やすどころ》が、源氏の正室である葵上《あおいのうえ》や愛人の夕顔を取り殺すことは有名であ

【語釈】○かこち顔―「託《かこ》つ」は他の責任にするという意味から、恨むとか愚痴をいうという意味になった。「顔」はそのような表情や様子であること。「…顔」という表現は、「うれし顔」「ぬるる顔」「うらみ顔」など、西行が自然の景物に対して好ん

る。しかし、これを記した紫式部《むらさきしきぶ》は、「*亡き人に託言《かごと》はかけて煩ふも己《おの》が心の鬼にやはあらぬ」と、物の怪が原因だと言って思い煩《わずら》っているのは、実は自分の心に宿る鬼（邪心《じゃしん》）の仕業《しわざ》であろうと暴《あば》いている。

古来、月は「*月見れば千々《ちぢ》に物こそ哀しけれわが身一つの秋にはあらねど」という大江千里《ちさと》の歌に見られるように、人の物思いを誘うものとして受け取られてきた。西行はここで「かこち顔」という表現を使い、自ら月の仕業であるように仕向けていることを明らかにしている。このように月が物思いをさせるなどというのは誤りだとするこのような歌は珍しい。古典の世界では、男が女性の許《もと》へ行けない理由を、月がないから足元が悪くてなどと言いわけするが、月の明るい夜には託《かこ》つける理由がない。そのため、月夜に男を待つ女性の物思いは一層深いのである。

自分自身が恋による物思いを月のせいにしているのであるが、それが偽りであることを冷静に見つめる視線がそこにはある。しかし、自分自身のせいだとは言いたくないからこそ、自分の身からこぼれ落ちた涙に意思があり、その涙が月のせいにしていると、複雑な恋による物思いを表現した一首であると言えよう。

で用いた擬人的表現である。

＊亡き人に…──紫式部集・四四。死んだ人のせいだと恨みごとに託《かこ》つけて言っているが、実は本人の心の鬼によるのではないか、という意。「絵に、物の怪のつきたる女の醜きかた描きたる後《うしろ》に、鬼になりたるもとの妻《め》を、小法師の縛りたるかた描きて、男は経読みて物の怪せめたるところを見て」という詞書がある。

＊月見れば…──古今集・秋上・一九三・大江千里。

21

あはれあはれこの世はよしやさもあらばあれ来《こ》む世もかくや苦しかるべき

【出典】山家集・七一〇

ああ、ああ、この世がこのように苦しいのであれば、それはそれでもいい。そうだとすると来世もこのように苦しまなければならないのであろうか。

この歌は、「あはれあはれ」と、感情を露《あら》わにする「あはれ」を二度も繰り返す深い嘆きとともに始まる。その嘆きは、「この世」と「来む世」、つまり現世《げんせ》と来世《らいせ》に対するものなのである。

現世と来世をよんだ歌は、古く『万葉集』に「この世には人言《ひとごと》しげし来む世にも会はむわが背子《せこ》今ならずとも」という歌がある。しかし、この世で会えなくても来世で会いたいと願うこの万葉歌とは異なり、西行は、また同じ

【語釈】○来む世―死んだ後に訪れる来世。

＊この世には…―万葉集・五四四。この世では人にあれこれ言われるので、今の世は難しくても、来世で逢いましょう。

苦しみが続くのであろうかと、来世を推《お》し量《はか》っているのである。
ここで取り上げた詠《えい》は、『山家集』六五三番から七一一番まで続く恋題の連作の末尾から二首目に収められている。末尾は「*頼もしな宵《よひ》暁《あかつき》の鐘の音《おと》もの思ふ罪も尽きざらめやは」と、鐘の音によって恋の物思いの罪障《ざいしょう》は滅するに違いないと期待した歌である。西行は、この世の苦悩から逃れるには仏によって救済されるしかないと、意図してよんでいるようである。

さらにこの歌は、西行が晩年伊勢神宮に奉納《ほうのう》した「宮河歌合《みやがわうたあわせ》」末尾、三十六番右に据《す》えられているが、そこでは「*遭ふと見しその夜の夢の醒めであれな長き睡《ねぶり》は憂かるべけれど」という、この世が無明長夜《むみょうじょうや》であることは憂《うれ》うべきものであるが、恋しい人に夢の中で会うことができたので夢から醒《さ》めたくないと詠《うた》った歌に番《つが》えている。「長き睡」とは、煩悩《ぼんのう》を長い闇夜に喩《たと》えた無明長夜を意味する。さらにこの歌は、『西行法師家集』の三一四番から三七七番まで続く恋題の中にも見えるが、そこでも「宮河歌合」で合わされた先の「遭ふと見し」という歌の次に置かれている。さらに「あはれあはれ」で始まるこの歌の次に「*物思へどかからぬ人もあるものを哀れなりける身の契りかな」、そして20で取り上げた「嘆けとて」の歌が続き、恋の憂《うれ》い

*頼もしな……―山家集・七一一。

*遭ふと見し……―宮河歌合・七一。

*物思へど……―西行法師家集・三五二。恋による物思いをしても、このように思い煩わない人もいるのに、このように思い煩わなければならない因縁があることは、悲しいことである。

の深さが表現されている歌が連続する。

西行はこの「あはれあはれ」という語を他の歌でも用いている。恋をよんだ「*かき乱る心休めの言《こと》ぐさはあはれあはれと嘆くばかりか」という歌では、恋にかき乱れる心を休める口癖は、「ああ、ああ」と言葉にならない嘆《たん》息《そく》ばかりであるという。一方、来世についてこの語を使った歌に、地獄絵《じごくえ》を見てよんだ「*あはれあはれかかる憂目《うきめ》を見る見るは何とて誰《たれ》も世にまぎるらん」という歌がある。来世の地獄で必ず辛《つら》い目に遭《あ》うと分かっていながら、どうして誰も俗塵《ぞくじん》に紛《まぎ》れたまま暮らし、極楽往生《ごくらくおうじょう》を願うことをしないのかと嘆いている。「あはれあはれ」という表現はどれも、どうすることもできないという深い嘆きを湛《たた》えていることをよんでいるようである。

西行が和泉式部の歌を特に好み、その表現を盛んに歌に取り入れていることが知られているが、伊勢在住時代に歌について語った話を書き記した『西《さい》行上人談抄《ぎょうしょうにんだんしょう》』にも、和泉式部の名歌と言われている「*冥《くら》きより冥き道にぞ入りぬべき遙《はる》かに照らせ山の端《は》の月」という歌が引用されている。この歌は、性空上人《しょうくうしょうにん》を月に見立てて、この世の無明長夜の闇から抜け出すことを願った歌であるが、そのことを願わずにいられない和泉式部の苦悩は、ここ

*かき乱る……—山家集・六七九。

*あはれあはれ……—聞書集・一九九。

*冥きより……—拾遺集・哀傷・一三四二。

で取り上げた西行歌の来世の苦しみに対する嘆きと同じような響きを持つ。

初句の「あはれあはれ」に続けて西行は、「この世はよしやさもあらばあれ」と詠う。あたかも、どうなろうと構わないと、自暴自棄《じぼうじき》になってこの世への希望を抱いていないかのようである。しかし、これに続く下《しも》の句《く》「来む世もかくや苦しかるべき」で、来世もこのように苦しいのだろうかという不安を訴えているところからすると、その裏では来世も苦悩することはどうしても避けたいと願っていることもまた明らかである。

西行が伊勢神宮に奉納したもう一つの歌合「御裳濯川歌合《みもすそがわうたあわせ》」に、「来む世には心のうちに表はさむ飽《あ》かでやみぬる月の光を」という歌が見えるが、そこでは、来世では飽《あ》きることなく見続けてきた月の光を心の内に表わす、つまり仏となることを願っている。

極楽往生を願う西行にとって、この世の煩悩から逃れられないということは、まさに辛く憂うべきことであった。その絶望の極《きわ》まりが「あはれあはれ」と繰り返すことから始まるこの歌となったのではないだろうか。

22

伏《ふし》見《み》過ぎぬ岡《をか》の屋《や》になほ止《とど》まらじ日《ひ》野《の》までゆきて駒《こま》こころみん

【出典】山家集・一四三八

人が伏すという伏見を過ぎ、船が泊《と》まるという岡の屋にもまだ止《と》まるまい。暗くならないうちに、日野まで足をのばして、この駿馬《しゅんめ》の能力を試してみよう。

【語釈】○伏見―京都の南、伏見稲荷がある地。○岡の屋―伏見から南東に向かった宇治川のほとり。○日野―さらに東に走って、宇治と醍醐の間に位置する地。

出家以前の若き日、鳥羽院《とばいん》を警護する役職であった北面《ほくめん》の武士時代の一コマを描いた数少ない歌である。上の句から下の句に向かうに従い、都からどんどん離れていっており、馬上《ばじょう》の西行が味わっているスピード感がそのまま伝わってくるようである。都から「伏見」「岡の屋」で止まることなく、「日野」まで一気に駆け抜ける馬の躍動感《やくどうかん》と、この馬がどこまで走れるかを試そうとする西行の心の高揚《こうよう》が伝わる。馬を操《あやつ》る若き西行の活き活きとした姿が見えるようである。
西行は、弓や蹴鞠《けまり》、馬術に優れていた。晩年、西行が二度目の奥州への旅の途中、鶴岡《つるがおか》八幡宮で源頼朝と対面し、頼朝に歌だけでなく、弓や馬のことについて訊《き》かれて一晩語り明かしたことが、*『吾妻鏡《あづまかがみ》』に記されている。その謝礼に頼朝から銀の猫を与えられたが、西行がその猫を門前近くで遊んでいた子どもに与えて立ち去ったというエピソードは有名である。
この歌は、先に述べたように、「伏見」「岡の屋」「日野」と、一首の中に三箇所もの地名が登場している。これは、当時の流行歌である今様《いまよう》を収録した『梁塵秘抄《りょうじんひしょう》』の*「日暮れなば岡の屋にこそ伏し見なめ、明けて渡らん櫃《ひっ》河《かわ》や櫃河、櫃河の橋」の「伏見」「岡の屋」をそのまま取り入れ、「日暮れ」を「日野」にとりなしていると考えられる。しかも、京へと向かう地名の並びを逆順にし、西行の歌では、京からどんどん離れていくことを表わすために並べているのである。
西行の母方の祖父、*源清経《きよつね》は、今様と蹴鞠の名手であった。その血脈がこの歌には流れているのかもしれない。そのため、それが、躍動感となって、馬と西行の姿を活き活きとしたものにしているのであろう。

*吾妻鏡―鎌倉幕府の記録書。この話は文治二年（一一八六）八月十五日の条に見える。

*日暮れなば……―後白河院が編纂した今様の歌謡集である梁塵秘抄・巻二・四七六に見える。日が暮れたなら岡の屋に泊まって伏見の方を眺めよう。夜が明けたら渡ろう、櫃河の橋をと、都へと上っていく道順をうたう。

*源清経―後白河院に今様を伝授した傀儡子《くぐつし》の乙前《おとまえ》は、清経の養女であったとされている。

23

惜《を》しむとて惜しまれぬべきこの世かは身を捨ててこそ身をも助けめ

【出典】西行法師家集・六三八、玉葉集・雑五・二四六七

惜しもうとして最後まで惜しむことができるこの世でしょうか。俗世の身を捨てて出家をすることによってこそ、悟《さと》りを得ることができ、本当にこの身を助けることになるのです。

【詞書】鳥羽院に出家の暇《いとま》申し侍るとて詠める。

この歌は、西行が北面の武士として鳥羽院に仕《つか》えていたとき、鳥羽院に北面の武士を辞し出家《しゆつけ》することの許可を請《こ》うた歌である。「惜しむ」と「惜しまれぬ」、「身を捨てる」と「身を助ける」と、上の句下の句ともに相反する行為を表わしている。問答《もんどう》のようでもあり、論理的に構築したようにも感じられる歌である。それだけに、出家をすること、鳥羽院に出家の意向を申し出ることをともに熟慮《じゆくりよ》したことを暗示していて、出家の意向を鳥羽院が拒

否できないような強い意志が西行にあったことが伝わってくる。
西行が出家に際し、袂《たもと》にすがる幼い娘を縁側《えんがわ》から蹴落《けお》としたという有名な伝承が『西行物語』にあるが、西行は、身を捨てることについて、「*捨てがたき思ひなれども捨てて出でむ真《まこと》の道ぞ真なるべき」と、肉親の情は捨て難《がた》いものであるけれども、捨てて入る仏の道こそ真実とするべきであるともよんでいる。また、『法華経』勧持品《かんじぼん》に「*我不愛身命《われはいのちをあいせず》 但惜無上道《ただむじょうどうをおしむのみ》」とある句を踏まえ、「*根を離れ繋がぬ舟を思ひ知れば法《のり》えむことぞ嬉しかるべき」という歌をよんでいる。この世は惜しんでも仕方がないものであり、悟《さと》りの道だけを大切に考えようと言うのである。
これらの歌にみられるような仏道に対する一途《いちず》な思いは、鳥羽院にも確かに伝わったのであろう。保延《ほうえん》六年(一一四〇)十月、二十三歳で西行は出家する。また、西行は*鳥羽院が崩御したと聞いて、院を弔《とむら》うためわざわざ高野山《こうやさん》から下ったことを、長文の詞書とともに歌に残している。そこには、鳥羽院の最《さい》期《ご》に対して、丁重に接している西行の姿がある。
やや大げさに言えば、この歌がよまれ、鳥羽院がその出家を許したことが、歌僧《かそう》西行を生んだとも言えるかもしれない。

*捨てがたき……―聞書集・四三。

*我不愛身……―西行物語にも東国に修行に出る僧に西行がこの句を形見として書いたとある。

*根を離れ……―聞書集・一四。

*鳥羽院が亡くなった―山家集・七八二〜七八四の中の鳥羽院を弔った歌に「弔《と》はばやと思ひてよりぞ嘆かまし昔ながらのわが身なりせば」という歌がある。在俗の身であったならただ嘆くだけであったろうが、今はこうして出家として弔うことができるという意味。

24

鈴鹿山《すずかやま》うき世をよそに振り捨てていかになりゆくわが身なるらん

【出典】山家集・七二八、新古今集・雑中・一六一三

この憂き世をよそのものとして振り捨て、今この鈴鹿山を越えるが、これからどのようになってゆくわが身であるのだろうか。

出家直後に、伊勢に赴く途中、鈴鹿山でよんだ歌として有名な歌であり、出家後の心中が吐露《とろ》されている歌として貴重である。

西行の出家は、保延六年（一一四〇）十月、二十三歳のときのことである。若くして出家をしたことが、当時の人々を賛嘆《さんたん》させたことは、藤原頼長《よりなが》*の日記『台記《たいき》』などにも見える。この年、崇徳院《すとくいん》が鳥羽院によって譲位《じょうい》させられ、高野山では金剛峯寺《こんごうぶじ》から覚鑁《かくばん》*が追放されている。朝廷でも仏教界でも波乱《はらん》が

【詞書】世を遁《のが》れて、伊勢の方へまかりけるに、鈴鹿山にて。

＊藤原頼長―関白忠実の次男として頭角を表わし、一一五六年、崇徳院側に立って保元《ほうげん》の乱を引き起こしたが敗死した。

起こり、終焉《しゅうえん》に向けて動き出していた年であった。また、西行が晩年庵《いおり》を結ぶことになる伊勢に、出家直後のこの年に早くも赴《おもむ》いていることも興味深い。

「鈴鹿山」は伊勢の歌枕《うたまくら》で、近江から伊勢に越える鈴鹿峠付近の一帯をいう。かつて関所《せきしょ》があったが、盗賊《とうぞく》なども多く出る難所《なんしょ》であった。また、「鈴」の縁語《えんご》で、「音」「鳴る」「振る」などの語とともによまれるのが一般的である。また、鈴は、西行の歌に「行幸の鈴《*みゆき》」を詠んだものがあるように、平安時代、天皇などの行幸の時に、先駆《さきが》けとして鳴らされていた。一方で、出家者たちが密教《みっきょう》の法具《ほうぐ》として用いる道具でもあった。

この歌が出家直後の歌であることから、天皇の行幸のときに鳴らす鈴が象徴するように、世俗を捨て仏道の鈴を振る出家の身となることへの期待と不安が同時に込められているように感じる。

上の句「うき世をよそに振り捨て」にみられる毅然《きぜん》として出家を成《な》し遂《と》げた態度と、下の句「いかになりゆくわが身なるらん」にみられるこれからの我が身の行く先に対する不安が混然《こんぜん》としており、出家直後の西行の心情が率直に表現されている歌であると言える。

＊覚鑁―鳥羽院の帰依《きえ》を得て高野山に大伝法院流を開き座主《ざす》になったが、一山に追われて根来寺《ねごろでら》に退いた。

＊行幸の鈴―「ふりにけり君が行幸の鈴の奏《そう》は世にも絶えず聞こえて」（山家集・一四四六）。崇徳院の行幸の鈴の音はいつの世にも聞こえると思っていたのは、昔のこととなってしまったと詠む。「讃岐の院におはしましける折の、行幸の奏を聞きてよみける」という詞書がある。

25

言《こと》の葉《は》のなさけ絶えにし折節《をりふし》にあり逢ふ身こそ悲しかりけれ

【出典】山家集・一二二八

和歌が絶えてしまったこの時節に巡り逢ってしまった我が身が、非常につらく思われることです。

これは、*崇徳院《すとくいん》が讃岐《さぬき》に配流《はいる》されてから、和歌の道がすっかり衰えてしまったことを嘆いた西行が、友人の*寂然《じやくぜん》にその寂しさを訴えた歌である。崇徳院と西行の縁《えん》は、西行が北面の武士となる以前、崇徳院の母待賢門院《たいけんもんいん》璋子《しようし》の実家である徳大寺家に仕《つか》えていたことから始まる。崇徳院は、系図の上では鳥羽院《とばいん》の皇子であるが、実際には鳥羽院の祖父にあたる白河院の子であると言われていた。そのため、鳥羽院は「*叔父子《おじご》」と呼んで崇徳院を嫌

【詞書】讃岐《さぬき》におはしまして後、歌といふことの世にいと聞こえざりければ、寂然《じやくぜん》がもとへ言ひ遣はしける。

【語釈】○あり逢ふ―ある事態の起る現場に偶然にいる。

*崇徳院―白河院-堀河院-鳥羽院-崇徳院-後白河院と続

っていた。鳥羽院が崩御したその年（一一五六）、保元《ほうげん》の乱を起こして敗れた崇徳院は、讃岐に配流されるが、西行は、罪人となった院をわざわざ仁和寺《にんなじ》まで訪ねて、そのことを＊歌に残した。

西行がこの歌で和歌の衰退を嘆くのは、崇徳院が当時の歌壇におけるパトロンとして中心的な位置にいたためである。院は盛んに歌会《うたかい》を開き、さらに「久安百首《きゅうあんひゃくしゅ》」などの＊二度の百首歌を催《もよお》し、また六番目の勅撰集である『詞《し》花集《かしゅう》』を命じた天皇であった。西行の歌が勅撰集に初めて載《の》ったのは、『詞花集』雑下《ぞうげ》の「＊身を捨つる人はまことに捨つるかは捨てぬ人こそ捨つるなりけれ」という読み人しらずの歌だったとも言われている。

崇徳院は『詞花集』を改撰《かいせん》する意向を示していたようであるが、崇徳院の讃岐配流は、『詞花集』改撰の機会を失わせることになった。また、保元の乱の後、天皇になった後白河院《ごしらかわいん》が和歌にあまり興味を示さず、今様《いまよう》を専《もっぱ》ら愛好したことも和歌の衰退を助長した。『詞花集』の後、七番目の勅撰集『千載《せんざい》集《しゅう》』が藤原俊成の手で完成したのは、約四十年後の文治《ぶんじ》四年（一一八八）、西行の死のわずか三年前のことだった。歌にある「言の葉のなさけ絶えにし折節」とは、この間の時期を指してのことだが、直接的には『詞花集』の再編

く系譜に位置し、保元の乱を引き起こした。

＊寂然―大原三寂《さんじゃく》もしくは常《とき》磐《わ》三寂といわれた寂念、寂超三兄弟の末弟。西行と親しかった。また、29の歌も西行が寂然に贈っている。

＊叔父子―祖父の子だから叔父の子という意味。「祖父《おおじ》子《ご》」と当てる場合もある。

＊歌に残した―山家集・一一二七。「かかる世に影も変はらず澄む月を見るわが身さへ恨めしきかな」。

＊二度の百首歌―堀河院題による初度の百首（散逸）と久安百首。

＊身を捨つる…―詞花集・雑下・三七二。身を捨て出家をする人は、仏に救われるためであるので、捨てたことにはならず、むしろ出家をしない人は救われたいと願っていないので、身を捨てていることになる。ただ

がなされなかったことを指していたのかもしれない。
西行からこの歌を贈られた寂然は、「*敷島や絶えぬる道に泣く泣くも君とのみこそ跡を偲《しの》ばめ」という歌を返した。西行と同様、和歌の道が途絶《とだ》えたことを悲しみ、崇徳院のことをあなたと一緒に泣いて偲《しの》ぼうと言うのである。しかし、二人は院のことを偲ぶだけではなかった。西行は院が讃岐に配流された後も、崇徳院の女房を介《かい》して院に歌を贈っており、寂然も実際に讃岐の地に崇徳院を訪ねてもいる。また、『山《さん》家集《かしゅう》』では、この贈答の後に、崇徳院の*女房たちとの贈答歌《ぞうとうか》が続いており、そこには*崇徳院が仏道に専念していることを喜ぶ歌や、*この世は無常であると訴える歌も見えている。彼らが院の配流を単に嘆くだけでなく、こうした積極的な行動を成し得たのは、出家前に共に朝廷に近く仕えた身であったからとも言えるが、西行も寂然も出家者であったことに基づくところが大きい。時の権力者に対する遠慮をする必要がなく、出家者としての自由な言動を遺憾《いかん》なく発揮できたからでもあった。
崇徳院は、長寛《ちょうかん》二年（一一六四）八月二十六日に崩御《ほうぎょ》するが、その後西行は、崇徳院の墓所がある讃岐白峰《しらみね》の地を訪れ、そこで「*よしや君昔の玉の床《ゆか》とて

しこの歌を西行の歌とは見ない説もある。

*敷島や……―山家集・一二二九。

*女房たちとの贈答歌―山家集・一二三〇から一二三七。

*崇徳院が仏道に―「世の中を背《そむ》く頼りやなからまし憂き折り節に君が逢はずは」山家集・一二三〇。「讃岐にて御心引き替へて、後の世のこと御勤め暇なくせさせおはしますと聞きて、女房の許へ申しける。この文を書き具して、モシ人瞋《いか》リテ打タズンバ何ヲ以《もつ》テカ忍辱《にんにく》ヲ修センヤ」という詞書がある。

もかからん後《のち》は何にかはせん」という歌をよんだ。崇徳院が死後、怨霊《おんりょう》となって都に種々の災いや飢饉《ききん》を起こしたため、その鎮魂《ちんこん》を目的とした歌とされるが、崇徳院を慰めなければならないほど、当時の天皇家や朝廷の、崇徳*院に対する扱いが目に余るものであったことも大きかった。しかし、そうしたことよりも、院配流後によまれた西行の歌がどれも、たとえ院がどのような辛い宿命を背負ったとしても、それは逆に、来世に往生《おうじょう》するための機縁《きえん》となるのだと、その宿命を受け入れるよう説いたものであったことは注目すべきであろう。

鳥羽院の死、保元の乱、崇徳院配流、平治《へいじ》の乱、平家一門の隆盛と衰退、奥州藤原氏の滅亡と、この世への執着が生み出した歴史上の事件の数々の死と悲しみは、いずれも西行の関係する人々の間に起きたものであった。西行自身は、その渦中《かちゅう》にまき込まれることを拒み、出家者としてあることを貫いて、世の無常や来世を願う歌を詠《うた》い続けた。さらに、その彼が、保元の乱を起《お》こした張本人とも言うべき崇徳院を評価する贈答歌をよんだのは、出家者が誰からも制約を受けない自由な立場であることを認識しており、その自覚を持って歌をよもうとする姿勢が伝わってくるようである。

*この世は無常―「ながらへてつひに住むべき都かはこの世はよしやとてもかくても」山家集・一二二三。

*よしや君…―山家集・一三五五「白峯と申す所に御墓の侍りけるに参りて」の詞書がある。君（崇徳院）よ。お亡くなりになったのですから、昔のまま玉で飾った美しい床のある天皇の住居にいたとしても、何の意味があるでしょうか。

*崇徳院に対する―保元物語は、讃岐配流後の崇徳院が五部大乗経を書写し奉納を願って京へ送ったところ、後白河天皇の拒否にあって激昂し、「日本国の大魔縁となり、皇を取って民とし、民を皇になさん」「経を魔道に回向《えこう》す」と血で誓約したという伝承を載せている。

26

夜《よる》の鶴《つる》の都のうちを出《い》でてあれな子の思ひには惑《まど》はざらまし

【出典】西行法師家集・四三四

夜の親鶴は、都の中から外へ出ていたいものだ。そうすれば、わが子を思う気持ちに思い迷うことがないだろうに。

西行の家集には、平清盛《たいらのきよもり》をはじめとして、平家一門の歌が散見《さんけん》できる。この歌も、西行の平家一門への眼差《まなざ》しが読み取れる一首である。詞書にある「八島内府」は、清盛の死後、平氏の長《おさ》となった宗盛《むねもり》を、また「右衛門督」は、その息子の清宗《きよむね》を指す。子である清宗を思う父の宗盛を白居易の詩句「第三第四ノ弦《げん》ハ冷々《れいれい》タリ。夜鶴子《やかくし》ヲ憶《おも》フテ籠《こ》ノ中《うち》ニ鳴ク」に見える「夜鶴」つまり親鶴《おやづる》になぞらえたのである。『平家物語』には、宗盛の最期の言葉が

【詞書】八島内府《やしまのないふ》、鎌倉に迎へられて京へまた送られ給ひけり。武士の母の事はさることにて、右衛門督《ゑもんのかみ》の事を思ふにぞとて泣き給ひけると聞きて。

【語釈】○夜の鶴―和漢朗詠集下・管絃・四六三に載る

「清宗もすでにか」であり、宗盛が処刑される時になっても、息子が殺されたかどうかを気にしていたことが語られている。この西行の歌の詞書にも、清宗のことを思って泣いたとあり、宗盛の最期まで子を思う気持ちは、生への大きな執着となっていたと言えよう。

二句目にある「都のうち」とは、平家一門が栄えた象徴としての京の都を暗示し、平家一門存続への夢を喩《たと》えているのであろうか。しかし、「出でてあれな」で、そのような執念はもはや捨てるべきであると言うのである。西行は、宗盛が息子である清宗を思うことが執着となり、結局は成仏《じょうぶつ》を妨《さまた》げるものであることを気遣っているのである。西行は実際に平家と交流があり、*清盛が大輪田泊《おおわたのとまり》で盛大な供養と万燈会《まんどうえ》を主催したことを讃えた歌を残している。さらにその父、*忠盛《ただもり》の屋敷にある泉水で、高野山の僧侶が集まって仏像の書を供養したことについて歌にしており、信仰心の篤《あつ》い者と評価している。

この歌がよまれたのは平家の滅亡時であるが、当時、政争の中で失脚した人物は逆賊《ぎゃくぞく》とされ、平家の歌は*勅撰集《ちょくせんしゅう》に名を載《の》せることも許されなかった。しかし、西行は、そのような政局にあっても平家の一門について誰憚《はばか》ることなく歌をよむのである。

白居易の詩「五絃弾」の「第三第四ノ絃《げん》ハ冷々タリ。夜鶴子ヲ憶《おも》ウテ籠《こ》ノ中《うち》ニ鳴ク」による。この歌では、親鶴を宗盛に、子を清宗に喩えている。

＊清盛が大輪田泊で―山家集・八六二「六波羅太政入道、持経者千人集めて津の国輪田と申す所にて供養侍りけり」云々。

＊忠盛―清盛の父。歌人としても有名で、俊成を歌の師として仰いだ。

＊勅撰集に名を載せることも―平忠度の千載集の歌「さざなみや志賀の都は荒れにしを昔ながらの山桜かな」(千載集・春上・六六)は読人知らずとされている。

27

立てそむるあみ捕《と》る浦の初竿《はつざを》は罪の中にもすぐれたるかな

【出典】山家集・一三七二

アミを捕るために浦に立てる竿の中でも、一番初めの竿は、仏が戒《いまし》めるさまざまな罪の中でも一段と重い罪に当たるだろうよ。

西行は、旅で出会った人々やその生活を多くの歌に書きとめている。この歌もそうした歌の一つであり、備前《びぜん》の国の小島、現在の岡山県倉敷市児島の海浜で、漁師たちに出会ってよんでいる。

魚の撒餌《まきえ》や食用にするアミは、体長が一センチから二センチ程度の小エビに似た甲殻類である。漁をする網の目が粗《あら》いとすべてこぼれ落ちてしまう。そのため、目の細《こま》かい網を用いて漁をするのであるが、その漁を近くで見て

【詞書】備前国に小島と申す島に渡りたりけるに、あみと申す物捕る所は、各々我々しめて、長き竿に袋をつけて立て渡すなり。その竿の立て始めをば一の竿とぞ名づけたる、中に年高き海士人《あまびと》の立て初むるなり。立つるとて申すなる言葉聞

いた西行は、一人の漁師が竿《さお》を「立てる」と言ったのを耳にして思わず言葉を失い、悲しみの涙をこぼしたと詞書《ことばがき》に記している。

『山家集』では、この歌の後、四国へ渡るために立ち寄った渋川《しぶかわ》、日比《ひび》、真鍋《まなべ》島で出会った漁業を生業《なりわい》とする人々の罪を詠《えい》じた歌が続く。*「下り立ちて浦田に拾ふ海人《あま》の子はつみ（螺貝《つぶがい》）より罪を習ふなりけり」では、「つみ」によって「罪」を拾うこととよみ、*「真鍋より塩飽《しあく》へ通ふ商人《あきひと》は罪を櫂《かひ》にて渡るなりけり」では、「櫂《かい》」に「買ひ」を掛け、いずれも罪を対象にした言葉遊びのような歌を作っている。

この「立てそむる」の歌でもやはり、「立てる」という言葉に二つの意味を持たせている。西行は、「立てる」という言葉を聞いて涙をこぼしているが、おそらくこの言葉から、仏が衆生済度《しゅじょうさいど》の誓願《せいがん》を「立てる」ことを連想したのであろう。衆生済度の誓願は、『無量寿経《むりょうじゅきょう》』の四十八の誓願の第一にある、この世のどこからも地獄が消え、餓鬼《がき》や畜生《ちくしょう》のいない世界とならなければ、成仏《じょうぶつ》しないと説いた宝蔵菩薩《ほうぞうぼさつ》の言葉である。このことから考えれば、当然小さなアミもまた救済《きゅうさい》の対象であった。

一方で、この歌で注目されるのは、西行が竿を立てた長老格の漁師を見て

き侍りしこそ、涙こぼれて、申す計りなく覚えて詠みける。

*下り立ちて……―山家集・一三七三「日比、渋川と申す方へまかりて四国の方へ渡らむとしけるに、風悪しくて程へけり。渋川の浦と申す所に、幼き者どもの数多、物を拾ひけるを問ひければ、つみと申す物拾ふなりと申しけるを聞きて」という詞書がある。

*真鍋より……―山家集・一三七四「真鍋と申す島に、京より商人どもの下りて、様々《やうやう》の罪の物ども商ひて、また塩飽の島に渡り商はむずる由、申しけるを聞きて」という詞書がある。

涙を流したことである。アミを捕《と》るための一番竿を立てる年長の漁師は、他の漁師たちの先達《せんだつ》となって、殺生《せっしょう》の罪を犯すことを彼らに勧《すす》めなければならない。また、アミは非常に小さいから、一度に大量の命を奪うことになる。しかし、漁師たちはそうしたことも気づかずに、罪を重ね続けている。そのことに対する嘆きが、西行に涙を流させたのであろう。

この歌のあとには、*「同じくは牡蛎《かき》をぞ刺して干《ほ》しもすべき蛤《はまぐり》よりは名も頼りあり」という歌が続く。串に物を刺して売っている商人に、何を刺しているのかと尋ねたところ、蛤を刺して売っていると答えたので、どうせ売るのであれば、蛤を売るよりも、名前だけでも仏に縁《えん》がある牡蛎を売るべきであるとよんでいる。仏に縁があるというのは、「牡蛎」と「柿」が、同音異義語であることによる。当時、真言宗《しんごんしゅう》の*真誉僧都《しんよそうず》が記した諸尊法の*口訣書《くけつしょ》の中に、柿色の袋に入れて秘蔵した「柿袋《かきぶくろ》」と言われる書があった。また、*「柿経《こけらきょう》」という木簡《もっかん》に写経した物を使って結縁《けちえん》を行い、喜捨《きしゃ》を得るものもあり、西行も、この「柿経」を持ち歩いて勧進したと言われている。さらに当時の聖《ひじり》は、「柿衣《かきころも》」という渋柿で染めた衣を着ていた。そのため、その「カキ」の音にちなんで、名前だけでも「牡蛎」は仏教に縁があると言葉遊びを

*同じくは…―山家集・一三七五「串に刺したる物を商ひけるを、何ぞと問ひければ、蛤を干して侍るなりと申しけるを聞きて」。

*真誉僧都―平安時代後期の真言僧。その法流である持明院流は平安末期にかなり繁栄した。

*口訣書―口で言い伝える秘伝を記した秘蔵書。

*柿経―薄い板《こけら》に経典を墨書したもの。供養などのために写経され、二十枚から四

しているのである。
以上のようにこの瀬戸内でよんだ一連の歌において西行は、貝類のツミを拾うことによって「罪をならう子ども」や「罪に櫂を立て」罪を作ることを商売とする商人、そして、ここで取り挙げた年長の漁師が立てる「罪の中にもすぐれたる」初竿と、彼らが犯すことになる罪業《ざいごう》を思い遣っている。一方で、同音異義をうまく用いて、歌に広がりを持たせることを忘れてはいない。「アミ」と「網」、誓願を「立てる」ことと「竿を立てる」こと、貝類の「ツミ」と「罪」、荷物を「つみ」込むことと「罪」、「櫂」と「買ひ」、「牡蛎」と「柿」などがそれである。このように同音異義語を用いるのは、技巧としての掛詞《かけことば》というより、仏道と俗世がこの世において同時に存在し、俗世ではこのような罪を作らなければ生きていけない人々の矛盾《むじゅん》に満ちた現実をよむことに適していたからであろう。

西行は、行く先々の旅の中で出会った人々の習俗をよむだけでなく、その土地に生きる人々が罪を作らなければ生きていけない現実を写し取った。西行は後に、中世*の民衆の中に広範に展開していく衆生済度《しゅじょうさいど》の思想とその必要性を、その目で見、肌で感じた最初の歌人であったと言えるのかもしれない。

十枚を一組にして縛って収めた。

＊中世の民衆の中に―法然・親鸞の浄土宗・浄土真宗や一遍の時宗、日蓮の法華宗などの新興宗教は、民衆層を救済することを第一の目的としたものであった。

28

ここをまたわれ住み憂《う》くて浮《う》かれなば松は一人にならんとすらん

【出典】山家集・一三五九

ここもまた、いつものように私が住み憂く思ってどこかへ浮かれ出ていったら、この松は一人になってしまうことになるだろうよ。

漂泊《ひょうはく》する仏道修行者としての西行の一面をよく示す一首である。それを示しているのが、三句目の「浮かれなば」である。「浮かる」とは、そわそわして落ち着きがなくなるという意であるが、その心は、「浮かれ出づる心は身にも叶はねばいかなりとてもいかにかはせん」と、西行自身もどうしようもないものなのである。「盛りなるこの山桜思ひおきていづち心のまた浮かるらん」という歌もあり、桜の花でさえも、「浮かる」心を抑制《よくせい》すること

【詞書】庵の前に松の立てりけるを見て。

【語釈】○住み憂く―住むのがつらい。住み心地が悪い。

＊浮かれ出づる心は……―山家集・九一二。

＊盛りなるこの……―聞書集・一三四。

ができなかった。

西行は、仁安《にんあん》三年（一一六八）十月、白峰の崇徳院陵《すとくいんりょう》を訪ねた後、*空海《くうかい》誕生の地である*善通寺《ぜんつうじ》に庵《いおり》を結んだ。「ここ」とは、その善通寺の庵を指す。自分がこの地から離れれば、松はまた一人になってしまうと、人間のようにその心を思い遣っている。松は不浄《ふじょう》を浄《きよ》める霊力《れいりょく》があるとされる木で、特に一本松は神の宿《やど》る木とも考えられており、西行にはその一本松をよんだ「*谷の間に一人ぞ松も立てりける我のみ友はなきかと思へば」という歌もある。また「*久《ひさ》に経てわが後《のち》の世を問へよ松あと偲《しの》ぶべき人もなき身ぞ」という歌では、弔《とむら》ってくれるように頼む相手でもあった。しかし、その空海誕生という尊《とうと》い地にあり、心を通わせた松を残して、西行はまたどこかへ行こうとしている。「ここをまたわれ住《す》み憂《う》くて」とあるから、「住み憂く」なるのは、いわば彼の習性のようなものだった。また晩年、住み慣れた高野から伊勢へ移住する際にも、「高野の奥を住み浮かれて」という言葉を使っているところをみると、高野山もまた彼の心を惹《ひ》きつけ続ける場所ではなかった。

「住み憂く」思うことは西行の「浮かれ」ていた心を抑制できなくなる要因の一つであることを示しているのである。

*空海―平安初期の僧。真言宗の開祖。弘法大師とも。
*善通寺に庵を―善通寺は現香川県善通寺町。現在、善通寺の南大門の前にある玉泉院の庭と、曼荼羅寺《まんだらじ》の西の中山山麓にある水茎《みずくき》の丘に西行庵跡という伝承が残っている。
*谷の間に……―山家集・九四一。
*久に経て……―山家集・一三五八。

29

山深みけぢかき鳥の音《おと》はせで物恐《ものおそ》ろしき梟《ふくろふ》の声

【出典】山家集・一二〇三

山が深いので、ここ高野の地では人里近くに棲《す》んでいる身近な鳥の声は聞こえない。その代わり、恐ろしい梟の声が、畏怖《いふ》の念を感じさせることであるよ。

これは、詞書にあるように、高野山《こうやさん》から大原《おおはら》に住む寂然《じやくぜん》*のもとへ贈った連作であり、互いに十首ずつ*を贈り合っている珍しいパターンの贈答歌の中の一首である。しかも、十首すべてを「山深み」という語句から始めている。寂然は、大原の三寂《さんじやく》の一人であるが、彼からの返歌《へんか》はすべて「大原の里」で結ばれている。西行が、「山深み」で始まる歌を十首贈ると、「大原の里」で結ぶ十首の返歌をするというのは、心が通じ合っていなければできな

【詞書】入道寂然、大原に住み侍りけるに、高野《たかの》より遣はしける。

＊寂然―25に既出。
＊十首ずつ―西行の十首は一一九八番から一二〇七番まで。これに対する寂然の返歌も一二〇八から一二一七

いものであろう。

高野山は、久安《きゆうあん》五年（一一四九）の大塔《だいとう》再建を機《き》に入り、その後約三十年間に渡って西行が拠点とした場所であり、西行桜、西行庵の伝承が今も残っている。高野の地について、「*すむことは所柄ぞと言ひながら高野《たかの》はもののあはれなるべき」と、都に住む人に、高野は心が澄む場所であり趣深いことをアピールしている歌もある。高野の地が歌によまれるようになったのは、西行の時代からであり、この歌のように高野を趣深いとよんだ西行の影響は大きいと言える。

この歌では、フクロウが登場している。現代では、フクロウは森の賢者《けんじゃ》、福を運んでくれるなど、良いイメージが定着している。しかし、当時のフクロウには我々の持っているような良いイメージはなく、*物語においても、非常に寂しい風景に登場する。この歌では「物恐ろしき」とフクロウを形容しているが、歌語《かご》としては、西行以前には現れてこないようである。また、上《かみ》の句《く》で身近な鳥の声はしないとあるように、西行が歌にもよんでいる*雀や山鳩などといった身近な鳥とは対照的な表現となっている。

「山深み」の連作には、この他に「*櫨《はぜ》の立枝」だけが訪問者であるとよんだ歌、山中の侘《わ》び住まいの座席を意味する「*苔の筵《むしろ》」に、人ではなく猿がい

に載っている。

*すむことは……―山家集・九一三。「高野より京なる人のもとへいひ遣しける」の詞書がある。「住む」と「澄む」を掛ける。

*物語において―源氏物語・蓬生巻に末摘花邸の荒廃を記し、「もとより荒れたりし宮のうち、いとど狐の栖になりて疎ましう、け遠き木立に梟の声を朝夕に耳ならしつつ」などとある。

*雀や山鳩―雀は「雪うづむ園の呉竹《くれたけ》をれ伏してねぐらもとむる群雀《むらすずめ》かな」山家集・五三五と、雀がねぐらとしていた呉竹が折れて眠る場所を探している姿を歌にしている。鳩は「古畑の岨のたつ木にゐる鳩の友よぶ声のすごき夕暮」山家集・九九七と、放置された畑の側の立つ木にいる鳩の友を呼ぶ声が非常にもの寂しいと

ることをよんだ歌、*岩から滴り落ちてくる水を溜《た》める歌などがあり、特に、苔の莚に猿がいる情景は、日本最古の漫画とも言われる「*鳥獣戯画《ちょうじゅうぎが》」の擬人化された動物を思い起こさせ、ユーモアがある。このように、高野が非常に山深く人里離れたところであり、それだけに、そこでしか見ることのできない動物や植物の生態《せいたい》や、西行の暮らしぶりを自慢しているようにも感じる。

この贈答歌の西行の連作と、寂然の連作の趣向を比較するために、それぞれの一首目を挙げる。

*山深みさこそはあらめと聞こえつつ音あはれなる谷川の水　西行

*あはれさは高野《かうや》と君も思ひやれ秋暮れがたの大原の里　寂然

西行の歌では、高野は山が深いと聞いていたが、谷川の水の音さえもしみじみとすることをよんでいる。このことから、この連作では、西行の高野山での暮らしぶりが伝えられ、寂然に高野の様子を伝える役目を果たしているように感じる。一方、寂然の歌は、「高野」に「かうや（このようである）」と「高野」の地を掛《か》け、大原の里が寂しいことを知ってほしいとよんでいる。寂然の連作の歌は、西行の住む山深い高野と対照的に、人の気配《けはい》のある「里」の情景が描かれているのである。この他に、*里であるのに月しか訪ね

よんでいる。

*櫨の立ち枝―山深み窓のつれづれ訪ふものは色づき初むる櫨の立ち枝（山家集・一二〇〇）。

*苔の筵―山深み苔の筵の上にゐて何心なく鳴く猿《ましら》かな（山家集・一二〇一）。

*岩から滴り落ちる―山深み岩に滴る水溜めんかつがつ落つる橡《とち》拾ふほど（山家集・一二〇二）。

*鳥獣戯画―京都の高山寺に伝わる白描の絵巻。蛙や猿などを擬人化している場面が有名。

*山深み…―山家集・一一九八。高野は山が深いのでそうであろうと思っていましたが、やはりこの谷川の水音は予想通り寂しく聞こえる。

*あはれさは…―山家集・一二〇八。哀れさはここ大原の里も高野と同じです、あ

てくれる友がいないこと、*大原の里人を真似《まね》て、炭窯《すみがま》で炭を焼くことの難しさ、*木樵《きこり》があけびの実を手土産に家に帰って行くことなど、人の気配がする大原の日常が詠われている。

このように、西行の歌には、都や山里にはない自然描写と出家者の生活が窺える。一方、寂然の歌からは、山里に庵を結んだ者にしか知り得ない山里の人々の生活や、その地での出家者の心情が詠われている。しかも、それが十首の連作であるから、断片的ではなく、それぞれの地を描いた絵巻物《えまきもの》のようでもある。また、冒頭で述べたように贈答歌としては珍しく十首もの連作を贈り合っていること、それぞれが「山深み」「大原の里」と同じ表現を使っていることからも、高野と大原の地を披露《ひろう》し合うこの連作の贈答歌は、庵を結ぶ出家者しかよむことのできない世界だけを集めた実験的な贈答歌であるように感じるのである。

さらに、よみ交《か》わしているのがその地でしかよめない歌であることから、「私のほうが寂しい」「いや、私だ」と競い合っているようにも受け取れる。そのため、「高野」と「大原の里」のわび住まいを、互いに積極的に楽しんでいるようにさえ思えるのである。

なたもそうだと想像してほしい。「高野」に、こうだという意味の「かうや」を掛けている。

*里であるのに―ひとり住む朧《おぼろ》の清水友とては月をぞ住ます大原の里（山家集・一二〇九）。

*大原の里人―炭窯《すみがま》のたなびく煙一筋に心細きは大原の里（山家集・一二一〇）。

*木樵が―ますらをが爪《つま》木にあけび刺し添へて暮るれば帰る大原の里（山家集・一二一五）。

30

苗代《なはしろ》にせき下《くだ》されし天《あま》の川《かは》止むるも神の心なるべし

【出典】山家集・七四九

能因《のういん》の祈雨《きう》の歌によって苗代に天の川の水を流し入れたのであるから、天から降ってくる天の川の水を止ませるのも、神の御心であるに違いない。

ここでよまれているのは、待賢門院《たいけんもんいん》に仕えていた女房たちと共に吹上*まで出かけ、途中で暴風雨になり、立ち往生したときの出来事であり、歌の力が神に通じたことをよんだ歌である。この歌では、能因*が「天の川苗代水にせき下せ天降《あまくだ》ります神ならば神」という歌によって神を感得《かんとく》させ、干《かん》ばつの地に三日三晩雨を降らせたことを思い起こし、能因とは逆に、雨を止ませようとしたのである。この時、「天下る名を吹上の神ならば雲晴れのきて光あらは

【語釈】○せき下す―堰《せ》き止めてあった天の川の水を、その堰の戸を開いて雨を降らせること。能因の上記の雨乞いの歌を踏まえる。

*吹上―和歌山市の紀ノ川の湊から雑賀《さいか》の西浜にかけての海岸。高野山の麓にある

せ」という歌もよんでいる。これらの二首を吹上の社《やしろ》に書き付けると、西行が歌によって願ったとおり、たちまち雨が止んだと詞書《ことばがき》に記されている。

　歌によって雨が止んだというこの体験は、「末《すゑ》の世なれど、志《こころざし》いたりぬることには、験《げん》あらたなることを人々申しつつ、信起こし」と、女房たちの信仰を目覚めさせたともこの歌の後に記されている。「志いたりぬ」とは、歌を通して神仏への信仰が不動のものになったことを示す。『古今集』仮名序《かなじよ》に「力をも入れずして天地《あめつち》を動かし、目に見えぬ鬼神《きしん》をもあはれ」とあるように、和歌をよむことは天地を動かし、神を感得《かんとく》させるものであるとされていた。能因が、先の祈雨《きう》の歌によって雨を降らせることができたのは、末法《まつぽう》になったとされる永承《えいしよう》七年（一〇五二）以前である。これに対して、西行のこの歌の詞書には、「末の代」とあるように、仏の力の及ばないとされる末法の世であるから、神にも歌の心が届かないと考えられていたことが、この歌の背景にある。そのため、末世《まつせ》にあっても吹上の神に歌を聞き届けてもらえたことにより、女房たちの信仰を確固たるものにすることができたのであろう。

　一方で、この体験は女房たちに、西行の歌が神に通じる力を持つことを知らしめ、歌僧《かそう》としての西行をいっそう認めさせることになったと言えよう。

天野に移り住んだ待賢門院に仕えていた中納言の局のもとを、同じく待賢門院に仕えていた帥局《そちのつぼね》が訪れたとき、西行は、高野山から下山して道案内するように依頼された。

＊能因が―金葉集・雑下・六二五。詞書によると、伊与守範国《のりくに》について伊与（現愛媛県）に下った時、正月から三、四月まで雨が降らず、苗代も出来なかった。雨乞いの祈禱《きとう》をしても雨が降らないので、国司の範国から歌を詠めと命じられて「天の川苗代水にせき下せ天降ります神ならば神」という歌をよんだ。左注に「神感ありて大雨降りて三日三晩やまず」とある。

31

世の中を厭《いと》ふまでこそ難《かた》からめ仮《かり》のやどりを惜《を》しむ君かな

【出典】山家集・七五二、新古今集・雑歌・九七八

世の中を厭い、俗世を捨て去ることまでは難しいでしょうが、宿を貸すことはそんなに難しくないはずなのに、どうしてあなたは宿を断ったりするのですか。

【詞書】天王寺へ参りけるに、雨の降りければ、江口と申す所に宿をかりけるに、貸さざりければ（山家集）。

この歌は、遊女妙《たえ》に対して送った歌である。詞書によれば、西行が天王寺《てんのうじ》に参詣《さんけい》に出かけたときに、雨が降り出したので、江口で遊女に宿を借りようとしたが、断られたので、そのことを残念に思ってよんだものである。江口は、現在の大阪府東淀川区にある淀川と神崎川《かんざきがわ》の分岐点で、古くから交通の要所《ようしょ》であり、平安時代から遊女の宿が多くあったところである。この歌で西行は、遊女であるから、この世に対する執着があるため、「仮《かり》の宿」を貸す

ことさえもったいないと思っているのだろうと、この世に対する執着があることを出家者《しゅっけしゃ》としてたしなめている。

西行のこの歌に対し、遊女である妙は、「*家を出づる人とし聞けば仮《かり》の宿《やど》に心止《と》むなと思ふばかりぞ」と返し、この世の執着から逃《のが》れられない遊女に宿を借りることは、仮の世であるこの世に対する執着でもあるので、そのような執着を持たないでほしいと思っただけであると、逆に、西行が俗世に執着があることをたしなめ、出家者らしく振る舞ってほしいと諭《さと》すのである。この贈答歌では、ともに「仮の宿り」が使われ、遊女の機知に富んだ切り返しが巧みである。このようにたしなめられたり、やり込められたりする西行は、後世《こうせい》の伝承の世界で多くみられるものとなる。一方で、出家者と遊女の歌のやり取りは、説話《せつわ》にみられるものであり、後世、*一休と地獄太夫という遊女とのそれは、西行のこの贈答歌の影響もある。

西行と遊女とのこの贈答歌は、西行仮託《かたく》の説話集『撰集抄《せんじゅうしょう》』や『西行物語』、*謡曲《ようきょく》「江口」にも取り入れられる。謡曲「江口」では、遊女は普賢菩《ふげんぼ》薩《さつ》の化身《けしん》という設定になっているが、遊女が普賢菩薩と関連づけられているのは、『古事談《こじだん》』や『十訓抄《じっきんしょう》』にみえる性空《しょうくう》上人の伝承にすでにある。普賢菩

*家を出づる…―山家集・七五三。

*一休と地獄太夫―一休諸国物語図絵等に載る一休と泉州高須の遊女地獄との問答。「聞きしより見て恐ろしき地獄かな」という一休の歌に地獄は「しに来る人も落ちざらめやは」と付けた。挿絵に、江口の妙が普賢菩薩の代わりに白象に乗って西行に対している図が載る。

*謡曲「江口」―世阿弥の父観阿弥作。旅の僧が江口で石塔を見て、里の女に由来を聞くと、西行と遊女のこの歌の話を語る。やがて一人の女が現れ、自分がその遊女であると語って消えるが、その女が実は普賢菩薩であることが供の者から語られる。その夜、遊女が舟遊びをする幻を見た僧は、遊女が語る罪業の苦しみを供養すると、女は普賢菩薩

薩を拝したいと願ったところ、室津《むろつ》の遊女を拝《おが》めという夢を見る。夢のとおり室津へ出かけ遊女を拝したところ、遊女は普賢菩薩であったと言うのである。

出家者に遊女が歌を送ることもまた、*性空上人と遊女宮木にみられる。性空上人が結縁経《けちえんきょう》を供養《くよう》した際、遊女である宮木の布施だけを受け取らなかったので、*「津の国の難波のことか法《のり》ならぬ遊び戯《たわぶ》れまでとこそきけ」と歌を性空上人に送り、『法華経《ほけきょう》』「方便品」に、遊び戯れまでも仏教を讃嘆し、人を教え導くことに繋がるとあるのだから、遊女である私の布施も受け取ってほしいと乞《こ》うのである。遊女宮木のこの歌は、西行自身の歌を集めた『山《さん》家心中集《かしんちゅうしゅう》』で、自ら書いた跋文《ばつぶん》でも引用している。そこでは、「宮木が歌かとよ、遊び戯れまでもと申したることの侍るは、いと畏《かしこ》し」と述べ、宮木の「津の国の難波のことか」の歌を、優れていると評価している。さらに、この跋文で西行は、『山家心中集』の歌を憐《あわ》れに思い、弥勒菩薩《みろくぼさつ》が出現したときには、無明長夜《むみょうじょうや》から抜け出し、悟りを開く宿縁《しゅくえん》としてほしいと願っている。西行もまた「遊び戯れとまでとこそ聞け」とよむ遊女同様に、仏に救済を求める立場に立つのである。

『山家集』の中で、この西行と遊女妙の贈答歌の直前には、30の歌に登場

に、舟は白象に化して天に昇っていった。

*性空上人―播磨《はりま》の書写山に円教寺を開いた平安中期の僧。身分を問わず人々に接したので、和泉式部や遊女宮木も歌を贈った。

*津の国の難波の…―後拾遺集・神祇・一一九七・遊女宮木。宮木の素性は不明。難波の人かという。

した待賢門院《たいけんもんいん》に縁《えん》のある女房と西行の贈答歌が載《の》せられている。そこでの女房との贈答歌での西行の振る舞いは、出家者らしい威厳がある。ここで取り上げた歌の直前の歌で、*待賢門院堀河《ほりかわ》は、*「この世にて語らひおかん時鳥《ほととぎす》死出の山路のしるべともなれ」と、西行をホトトギスに喩《たと》え、西方浄土《さいほうじょうど》に導いてほしいとよむのである。これに対して、西行は、「ほととぎす泣く泣くこそは語らはめ死出の山路に君しかからば」と、あなたが死に際したとき、泣きながら導師《どうし》を勤めようと応《こた》えている。西方浄土へ導く出家者として西行像を示している歌の直後に、遊女にこの世に対する執着を諭され、優れた出家者としての西行が一気にその評価を落とす構図になっている。

このように、自分の評価を落とす歌は、連歌や俳諧の世界にある滑稽さにも繋がるものであろう。*江口の遊女妙《たえ》に、性空上人に歌を送った遊女宮木のような来世《らいせ》を願う心があることを期待しながら、この世に執着があると言い掛《が》かりをつけ、どんな歌を返してくれるかを楽しみにしていたようにさえ感じられる。そして、江口の遊女妙からの返歌が機知に富んだ歌であったことへの満足感があったのではないか。さらにこの歌を記すことは、性空上人と遊女宮木のように伝承となっていくことさえも、見据えていたように思えてしまうのである。

*待賢門院堀河―神祇伯源顕仲の娘。待賢門院落飾の時、門院に従って出家した。

*この世にて…―山家集・七五〇。

*江口の遊女妙―梁塵秘抄口伝抄に、江口の遊女は妓品が高く、和歌や今様をよくしたことが示されている。

32

うなゐ子《ご》がすさみに鳴らす麦笛《むぎぶえ》の声に驚く夏の昼臥《ひるぶ》し

【出典】聞書集・一六五

幼い子どもたちが心の赴くままに鳴らしている麦笛の音に驚いて、目を覚ました夏の昼寝であるよ。

これは、「戯《たわぶ》れ歌」と題した十三首の連作の最初の歌であり、麦笛を作って鳴らしている子どもの姿と、昼寝をしている法師の姿が対照的である。

この連作は、「*竹馬を杖にも今日は頼むかな童遊びを思ひ出でつつ」「*昔せし隠れ遊びになりなばや片隅もとに寄り臥《ふ》せりつつ」など、遊び道具である竹馬を杖としたり、草庵《そうあん》の片隅で物に寄りかかりながら子どものように隠れ遊びがしたいと思ったりと、ユーモラスな老いた法師の姿が浮かび上がって

【詞書】嵯峨に住みけるに、戯れ歌とて人々よみけるを。

【語釈】○うなゐ子―男女を問わずうなじの辺りまで髪を垂らしたおかっぱ頭の子供。○すさみ―なぐさみ。○昼臥し―昼寝。○戯れ―心のままに興じること、遊び気

くる。ここで取り上げた、昼寝をしている法師が麦笛に驚いて目覚める歌もまた、何となく滑稽である。一方で、「*篠《しの》ためて雀弓張る男の童《わらは》額《ひたひ》烏帽子《えぼし》の欲しげなるかな」など、詳細に当時の子どもの遊びを写し取っている。このような子どもと老僧の取り合わせは、江戸時代後期の*良寛を思い起こさせるものでもあろう。

西行晩年の治承年間（一一八〇年前後）に後白河法皇によって編集された『梁塵秘抄《りょうじんひしょう》』に、「遊びをせんとや生まれけむ　戯れせんとや生まれけん　遊ぶ子供の声聞けば　我が身さへこそ動《ゆる》がるれ」という今様《いまよう》があるが、ここでも子どもたちの姿と作者の感慨がよまれており、西行の「戯れ歌」と同じ趣向となっている。

麦笛を鳴らして遊ぶ子どもによって、昼寝から目覚めたこの歌に続き、子どもたちの遊ぶ姿の描写や、子どもと老いた法師を対比した歌、子ども時代の感慨を述べた歌などが続く。子どもの微笑《ほほえ》ましい姿は、一方で老いの感慨を深くするものとなっている。それだけではなく、そこには老いた法師の滑稽な様子が詠《うた》われているように感じるのは、「戯れ歌」であることによるのであろう。

分でふざけて。

*竹馬を杖にも…―聞書集・一六七。昔竹馬をして竹を今は杖がわりに使う。

*昔せし隠れ遊び…―同・一六八。庵の隅で物に寄りかかるが、このまま隠れん坊のように隠れていたい。

*篠ためて雀弓張る…―同・一六九。雀を捕ろうと篠で作った小弓を振る男の子。額に烏帽子でも載せてあげたい。

*良寛―江戸時代後期の僧。子どもをかわいがり、積極的に交流したことが知られる。

33

ぬなは生《は》ふ池に沈める立石《たていし》の立てたることもなき汀《みぎは》かな

【出典】聞書集・一七七

ジュンサイが繁茂《はんも》する池の水際近くに立てている立石は沈んで見えない。そのように、無用に終わってしまうわが身であることよ。

【語釈】○ぬなは―食用にするジュンサイのこと。沼や溜池などに生える。○立石―石を立てるという意味でなく、庭園に置く石組みのことをいう。平安時代には石を垂直に立てることはあまりなかった。

前歌と同様、「戯れ歌」連作の最後を飾る一首である。

初句《しよく》の「ぬなは」はジュンサイの和名で、沼の中に自生する。「ぬなは」は「なきことを磐余《いはれ》の池のうきぬなは苦しき物は世にこそありけれ」という『拾遺集《しゆういしゆう》』の歌にあり、「うきぬなは」に「憂き」と「ぬなは」を響かせ、苦しく辛い世の中を象徴するものになっている。

「立石」は、庭を造るときの中心となる石組みのことで、西行の時代には、

「立石僧《たていしそう》」という庭園を造《つく》ることを得意とする専門の僧も現われていた。また、立石を立てた池は、当時は浄土《じょうど》を表わすものとして重要な意味があった。この歌では、その立石が古池《ふるいけ》に沈んでしまっているため、無用な物となっている。立石が沈んでいるままであるというのは、浄土を表わす庭が荒廃していることも示しているであろう。

「汀」は水際《みずぎわ》のことであり、この歌では、「身のきわ」（身分）を掛けている。池の汀をよんだ西行の歌には他に、「＊小夜《さよ》更けて月に蛙《かはづ》の声聞けば汀も涼し池の浮き草」「＊蓮《はちす》咲く汀の波の打ち出でて解くらん法《のり》を心にぞ聞く」といった歌がある。これらの歌では、「汀」と「池」は清涼《せいりょう》なものとして、極《ごく》楽《らく》浄土《じょうど》の世界を重ねて描《えが》いたものとなっている。蓮も池の中に咲くが、同じ池の中にあっても、「ぬなは」は仏の世界にはつながらないから、無用のものという意味が込められているであろう。

子どもの麦笛《むぎぶえ》で昼寝をさまたげられた歌で始まった「戯れ歌」の連作は、わが身をジュンサイが繁茂した池に身を沈めている石に喩《たと》えたこの歌で終わる。

詞書によれば、この連作は、嵯峨でよみ交わされたものであるから、座興とも受け取れるが、無力な自分について自虐的によんでいるとも考えられよう。

＊小夜更けて……――残集・三一。

＊蓮咲く……――聞書集・三四。

34

暇《ひま》もなき炎《ほむら》の中の苦しみも心おこせば悟《さと》りにぞなる

【出典】聞書集・二一三

絶え間ない無間《むげん》地獄の炎に巻かれる苦しみも、それを機《き》縁《えん》として心の救済を願う心を起こせば、悟りの道に繋がるものであるよ。

これは、「*地獄絵を見て」と題する二十七首の連作のうちの一首である。「地獄絵」は、その名の通り地獄を描いた絵である。これは、奈良時代からすでに描かれているものである。西行がどのような地獄絵を見たのかは、現在のところ不明であるが、この連作は、地獄絵を見た衝撃が詠われているとされるものであり、*八大地獄《はちだいじごく》についてそれぞれ歌にしている。八大地獄については、平安中期に源信《げんしん》の『往生要集《おうじょうようしゅう》』に詳しく記されて以来、人々に浸透

【詞書】心を起こす縁たらば、阿鼻《あび》の炎の中にてもと申すことを思ひ出でて。

【語釈】○暇もなき―阿鼻地獄の別名である無間地獄の無間を意味する和語。○心おこせば悟りにぞなる―詞書の「心を起こす縁」と同

していき、極楽浄土に往生《おうじょう》することを願う信仰の隆盛と結び着くことになるのである。この歌は、「阿鼻地獄《あびじごく》」という最も罪の重い*五逆《ごぎゃく》を犯した人が落ち、極限の苦しみを絶え間なく受け続けるとされる地獄を歌にしている。

西行以前に阿鼻地獄を歌によんでいるのは和泉式部であり、*「あさましや劒《つるぎ》の枝の撓《たわ》むまでこはなにの身のなれるなるらん」と、剣に貫かれた人の絵を見て、どのような因果《いんが》でそうなったのかと嘆いている。ここで取り上げた西行の歌では、阿鼻地獄にあっても、発心《ほっしん》すれば悟りの道に繋がるとよんでいる。地獄絵の連作では、この歌に続き*「光させば冷めぬかなへの湯なれども蓮《はちす》の池になるめるものを」と、地獄に阿弥陀如来《あみだにょらい》の光が射し込むことにより、人が煮られている釜の湯が、蓮の池に変わる歌が配列され、阿鼻地獄の苦しみが阿弥陀如来によって救済されることがよまれるのである。当時の今様にも「*万《よろず》を有漏《うろ》と知りぬれば、阿鼻の炎も心から、極楽浄土の池水も、心澄みては隔《へだ》てなし」と、阿鼻地獄にあっても、救済されることがよまれている。

地獄を歌によって追体験することが、かえって極楽往生を願い、阿弥陀如来による救済を求めることにつながっていると言えよう。

じで、それが契機となって発心する縁になることをいう。伝良源《りょうげん》の註本覚讃などの句をさす。

*地獄絵を見て―聞書集・一九八〜二二四。

*八大地獄―八熱地獄《はちねつじごく》とも。様々な地獄の中で最も良く知られている八種の地獄。

*五逆―母を殺す、父を殺す、聖者を殺す、仏身を傷つける、教団を破壊させるの五つの大罪。

*あさましや……―金葉集・雑下・六四四「地獄絵に剣の枝に人の貫かれたるを見てよめる」の詞書がある。

*光させば……―聞書集・二二四。

*万を有漏と……―梁塵秘抄・巻二・雑法文歌・二四一。煩悩も菩提もすべて心から発することだと説く。

35

年《とし》たけてまた越ゆべしと思ひきや命《いのち》なりけり小《さ》夜《や》の中山

【出典】西行法師家集・四七六、新古今集・羇旅・九八七

年老いて再びここを越えることがあるとは思いもよらなかった。運命なのだなあ。こうしてこの小夜の中山を越えるということは。

この歌は、二度目の奥州への旅路でよまれている。この時、すでに西行は六十九歳となっていた。

「年たけて」の表現は、『和漢朗詠集《わかんろうえいしゅう》』に「*年《とし》長《た》ケテハ毎《つね》ニ労《いたわ》シク甲子《かっし》ヲ推《お》ス。夜寒クシテ初メテ共ニ庚申《こうじん》ヲ守《まぼ》ル」と、年を取ったため、老いによる衰えに対する嘆きがよまれている許渾《きょこん》の詩にある。この歌で西行が「年たけて」と詠うのも、老齢であることを強く意識して二度目の奥州への旅に赴《おもむ》い

【詞書】東《あづま》の方へ、あひ知りたりける人の許へまかりけるに、小《さ》夜《や》の中山見しことの、昔になりたりける、思ひ出でられて。

*年長ケテ…―和漢朗詠集・庚申・六五〇・許渾。年を取って常に甲子（干支《えと》）を

ていることを表わしているであろう。また、「思ひきや」の表現は、予想外のことが起こることを表わす表現であり、西行は再び奥州に向かうことになるとは、思ってもみなかったことであるという気持ちがそこにはあると言えよう。

第四句目「命なりけり」は、命の存在を詠嘆《えいたん》しており、「小夜の中山」を再び越えることを運命であると捉《とら》えているのである。西行以前の歌の「命なりけり」は、「*もみぢ葉を風にまかせてみるよりも儚《はかな》きものは命なりけり」と、命がはかないことを嘆じている歌にみられるものである。これに対して、西行のここで取り上げた歌では、命の儚《はかな》さに焦点を合わせるのではなく、命のあったことの感慨が詠われている。命について西行は、「*あだに散る木の葉につけて思ふかな風さそふめる露の命を」と、露のように儚いものであるという感覚があった。だからこそ、この歌で「命なりけり」とよみ、命があったことを格別なものであると思うのであろう。

最初に*小夜の中山を越えて奥州へ旅をしてから、約四十年の時が過ぎていた。再度この地に立ったとき、これまでの人生を振り返り、自分の足で「小夜の中山」を越え、勧進《かんじん》に向かうことを運命と捉えていることが、「命なりけり」に凝縮されているのかもしれない。

気にするようになり、今年初めて庚申待の夜を友と一緒に過したという意。

＊もみぢ葉を……—古今集・哀傷・八五九・大江千里。「やまひにわづらひ侍りける秋、心地のたのもしげなくおぼえければよみて人のもとにつかはしける」の詞書がある。

＊あだに散る……—山家集・九二五。

＊小夜の中山—遠江国の歌枕。静岡県掛川市から金谷へかけて延びる長い峠越えの道。「さよ」ともいう。

36

岩戸《いはと》あけし天《あま》つ尊《みこと》のその上《かみ》に桜を誰《たれ》か植《う》ゑ始めけん

【出典】西行上人集・六〇五、御裳濯川歌合・一番左

天の岩戸を開けて光をもたらして下さった天照大神《あまてらすおおみかみ》のその神代《かみよ》に、いったい誰が桜を植え始めたのであろうか。

【詞書】御裳濯川のほとりにて。

「御裳濯川歌合《みもすそがわうたあわせ》」の巻頭を飾り、伊勢神宮の内宮《ないくう》に奉納《ほうのう》するにふさわしく天照大神《あまてらすおおみかみ》の天の岩戸神話*にもとづく歌である。初句《しょく》にある「天の岩戸」は各地に伝承があるが、伊勢神宮の外宮《げくう》にある高倉山《たかくらやま》にもあったとされている。

この歌では、桜を誰が植え始めたのだろうかと言うのであるが、その答えであるかのように、同じ「御裳濯川歌合」四番左の歌に、「*なべてならぬよもの山べの花はみな吉野よりこそ種はちりけめ」と、桜の花は吉野から種が

*天の岩戸神話―素戔嗚尊《すさのおのみこと》の乱暴に怒った天照大神が天の岩戸に隠れ、国中が闇に包まれたとき、賑やかな岩戸の外の様子が気になり、岩戸を少し開けたところを

散っていったのであると詠っている。西行自身が桜の地として有名にした吉野を、桜誕生の地として位置づけるのである。

「天の岩戸」は、和歌のモチーフとしてあまり使われない。しかし、この歌の他にも西行は「*天の原同じ岩戸を出づれども光異なる秋の夜の月」と、神代《かみよ》から月があるが秋の夜の月は光が格別に美しいと、月を結びつけている。

また、「御裳濯川歌合」で掲出歌を「*神路山《かみぢやま》月さやかなるちかひありて天の下をばてらすなりけり」と、伊勢神宮の内宮の神苑《しんえん》である「神路山」にある月が、大日如来《だいにちにょらい》の衆生済度《しゅじょうさいど》の誓願《せいがん》によって、この世を照らすという歌と番わせている。歌合の巻頭は、神仏を言祝《ことほ》ぐもので飾られていると考えられよう。一方で、天照大神が岩戸から出て国土が照らされたことにより桜が咲いたことや、大日如来の誓願によってこの世を月が照らし出したからこそ、西行が月や桜を愛でることができたことへの謝意のようにも感じる。

「御裳濯川歌合」と「宮河歌合」は、西行自身の手によって、これまでによんだ歌を左右に番えた自歌合《じかあわせ》である。自分の歌を競わせ、勝ち負けを付け、配列にも配慮し奉納《ほうのう》していることは、西行も「天の岩戸」の前で踊った天鈿女命《あめのうづめのみこ》のように天照大神を楽しませるという意図があったとも類推できよう。

外へと連れ出したのでこの世に光が戻ったという神話(古事記・日本書紀)。

*なべてならぬ……―御裳濯川歌合・七。

*天の原同じ……―山家集・三七七。

*神路山……―西行法師家集・六〇二。「神路山にて」の詞書がある。神路山は、天照山《あまてるやま》、鷲日山《わしびやま》ともいう。

37

深く入《い》りて神路《かみぢ》の奥を尋ぬればまた上《うへ》もなき峰の松風

【出典】西行法師家集・六二五、千載集・神祇・一二七八

神路山の奥に深く分け入っていくと、この上もない峰である釈迦《しゃか》が法華経などを説いたとされる霊鷲《りょうじゅせん》山に吹く風と同じ松風が吹いていることであるよ。

これは、36で見た「御裳濯川歌合」の最後を飾る歌である。詞書に「大日如来の垂迹《すいじゃく》を思ひて」とあるように、伊勢神宮の内宮神苑の総称である神《かみ》路山《じやま》に大日*如来の垂迹をみたことを歌にしているのである。さらに、「高野の山を住み浮かれて後、伊勢の国二見浦《ふたみがうら》の山寺に侍りける」と、高野の地を住み憂く思い、心のままに伊勢に移住しているとも詞書に記されている。

「深く入りて」について西行は、「常磐《*ときは》なるみ山に深く入りにしを花咲きな

【詞書】高野の山を住み浮かれて後、伊勢の国二見浦の山寺に侍りけるに、大神宮の御山をば神路山と申す。大日如来の垂迹を思ひて詠み侍りける。

*大日如来の垂迹―大日如来が衆生を救い、仏道に帰依

ばとおもひけるかな」と、常緑《じょうりょく》の木々が生い茂る山へ深く入ったが、桜の花が咲いていたら、修行のために入っても、なお花が恋しくなるとよんでいる。このように、「深く入りて」とは、修行で入山《にゅうざん》することを意味していた。

また、「松風」とは、松に当たる風の音のことであり、琴《こと》の音《ね》に通うものとして、古代からその音を聞くことが好まれた。西行の歌にも「*木《こ》の間《ま》もる有明の月を眺むれば寂しさ添ふる峰の松風」などがあり、松風を悲しさやしみじみとした情趣《じょうしゅ》を添えるものとして詠っている。一方で、鎌倉初期の*阿《あ》仏尼《ぶつに》によって書かれた日記『うたたね』では、「秋風は、*法華三昧《ほけざんまい》の峰の松風に吹き通ひ」とあり、「峰の松風」は、法華経を読む声が峰の松風と響き合っていると言うのである。ここで取り上げた歌で、西行が法華経《ほけきょう》などを説いた霊鷲山に吹く風と同じ松風が吹いていると詠ったのも、同様に「峰の松風」が法華経を読む声に通《かよ》っていたことによるのかもしれない。

西行が伊勢神宮をよんだ歌に「*榊葉《さかきば》に心をかけん木綿幣《ゆふしで》て思へば神も仏なりけり」がある。伊勢の地において、ここで取り上げた歌にある「神路山」「峰の松風」をはじめとする神仏が矛盾なく存在していることを知らしめる事物が、そこかしこに見られると言えよう。

させるために、天照大神となって日本に現れていること。

*常磐なる…—西行法師家集・七二二。

*木の間もる…—山家集・三四五。木の間から見える有明の月を眺めると、峰全体に吹く松風が寂しさを添える。

*阿仏尼—鎌倉時代中期の女流歌人。

*法華三昧—法華経を通して真理を観ずること。また、その境地を観ずるために、法華経を音読すること。

*榊葉に…—山家集・一二二三。木綿で作った玉串を榊葉にかけて、心から祈ろう。神の本地は仏であるのだから。

38

風になびく富士の煙《けぶり》の空に消えて行方《ゆくへ》も知らぬわが思ひかな

【出典】西行法師家集・三四七、新古今集・雑中・一六一五

風になびいて富士の煙が大空に消えていく。そのように私の思いもまた、これからどこに向かうのか、行方もしれずただよっていくことよ。

この歌は、西行が自分自身の代表的な歌であると考えていたものである。このことは、慈円《じえん》が西行の死を悼《いた》んでよんだ歌とともに、『*拾玉集《しゅうぎょくしゅう》』に載る。そこでは、この歌について西行が亡くなる二、三年前によまれ、「これぞわが第一の自嘆歌《じたんか》」と語ったとある。自嘆歌とは自讃歌《じさんか》のことであり、自ら評価した歌の意である。しかも、「第一の」とあることから、最も評価できる歌と考えていたのである。亡くなる二、三年前とある詠作時期は、先に

【詞書】東の方へ修行し侍りけるに、富士の山を見てよめる（新古今集）。

＊拾玉集に載る…―拾玉集・五一六〇。左注に「風になびく富士の煙の空に消えて行方もしらぬわが思ひかなも、この二、三年の程によ

35の歌でみた、「小夜の中山」で、「命なりけり」とよんだ砂金勧進《さきんかんじん》のために生涯で二度目となる奥州への旅の途中のことである。

上《かみ》の句《く》に「風になびく富士の煙」とあるように、現代の富士山の姿とは異なり、煙がたなびいていた。また、富士山は信仰の対象でもあり、修験道《しゆげんどう》を通して信仰が広まったとされている。「富士の煙」という表現は、ほとんどなかったようであるが、西行には「*清見潟《きよみがた》月すむ空のうきくもは富士の高嶺《たかね》の煙なりけり」と、清美潟の月を隠す雲が実は富士山の煙であると、煙を雲と見立てている歌がある。

和歌で富士がよまれる場合は、*雪をよむ歌と、「思ひ」に富士の噴火の「火」をかけた恋の歌という二つのパターンでよまれ続けていた。西行も富士山について「*煙立つ富士に思ひの争ひてよだけき恋をするがへぞ行く」と、「思ひ」と「火」を掛け、さらに、大げさな恋をする方へ行くことと、「駿河へ行く」ことも掛けた技巧的な歌を残している。実際に富士の噴煙を見た西行にとって、富士山と沸き立つ煙は、切り離せないものであったのだろう。

また、煙を靡《なび》かせる風について西行は多くの歌を残しており、「*憂き世には留めおかじと春風の散らすは花を惜しむなりけり」の歌では、風が桜の花

みたり。これぞわが第一の自嘆歌と申しし事を思ふなるべし」とある。

*清見潟……―山家集・三二九。「海辺月」の題をもつ。

*雪をよむ―たとえば万葉歌人の山辺赤人の「田子の浦ゆうち出でてみれば真白にそ富士の高嶺に雪はふりける」。

*煙立つ……―山家集・六九一。「恋」の題をもつ。

*憂き世には……―山家集・一一七。

を散らすのは、桜の花が憂き世にいることを残念に思っているためであると詠う。「*あだに散る木の葉につけて思ふかな風さそふめる露の命を」では、風が木の葉を散らすように、命を尽きさせるように誘うとする。これらの歌では、いわゆる「無常の風」として、風が捉《とら》えられている。

　この歌は、亡くなる二、三年前の西行最晩年によまれているものであることを冒頭で述べたが、老境の歌によまれている心は、穏《おだ》やかである。例えば、「*吉野山崖路《ほきぢ》づたひにたづね入りて花見し春は一昔《ひとむかし》かも」という歌では、吉野山の難所をものともせず越えたことを、「一昔」と懐かしく感じている。また、「*月すみし宿も昔の宿ならで我が身もあらぬ我が身なりけり」「*月を見て心うかれしいにしへの秋にもさらにめぐり逢ひぬる」と、老境の月もまた、昔とは違う心情であることが詠われている。老境において、月に対する心に自分の心を抑えきれないというような激しさはみられない。心と身が分裂するほどの狂おしさは影をひそめ、この世に対する執着がなくなっているようでもある。

　また、三句目「行方」を詠うとき、「*散る花もねにや帰りてぞまたは咲く老いこそ果ては行方しられね」と、桜の花は散って根に帰って再び咲くが、

*あだに散る…―山家集・九二五。

*吉野山…―山家集・九六。

*月すみし…―西行法師家集・四四一。「ふるさとの心を」の題をもつ。

*月を見て…―西行法師家集・二二四。

*散る花も…―聞書集・九九。

老いについては最終的にどうなってしまうか行方が分からないというのである。さらに、24の歌で出家直後の西行は、鈴鹿山の詠でどのようになっていく我が身であろうかと、自分自身の行く末を問いかけていた。これらの歌で投げかけた西行の行く末は、富士の煙と同一視され、「行方」の分からなくなってしまうものであることを悟り、まるで人生の答えを出したようでもある。

西行歌の特徴として、この歌で詠われている「我が思ひ」や、「我が心」の表現を多くよむことが挙げられる。終生、自分自身の「思ひ」や「心」を見つめ続けた西行は、様々な人と贈答歌をよみ交わすだけではなく、まるで古人《こじん》ともよみ交わすような歌をよんでいた。そして、この歌では、若き日の自分自身の思いに対して、応《こた》える歌をよんでいるように感じる。最後まで自分自身の「思ひ」に向き合い続けた歌僧《かそう》であったと言えよう。それを可能にしたのが、信仰の対象でもあった富士山にたなびく煙であり、西行が多く歌にした風であったのである。

風によって「富士の煙」とともに消えていく「我が思ひ」であるが、少なくとも歌は消えることなく、八百年以上の時を超えて残っているのである。

歌人略伝

元永《げんえい》元年（一一一八）に左《さ》衛門尉《えもんのじょう》康清《やすきよ》の子として生まれる。俗名は佐藤義清《のりきよ》。父親とは幼時に死別する。鳥羽院の昇殿の許されない六位の北面《ほくめん》の武士として仕え、また、徳大寺家の家人《けにん》となったが、保延《ほうえん》六年（一一四〇）十月、二十三歳の若さで出家し、世間を驚かせた。藤原頼長《よりなが》の日記『台記《たいき》』に「そもそも西行は、もと兵衛尉《ひょうえのじょう》義清なり。重代の勇士をもって法皇に仕ふ。俗時より心を仏道に入れ、家富み年若く、心に愁ひなきも、遂にもって遁世す。人これを嘆美せるなり」とある。遁世《とんせい》の理由は様々にいわれているが、早くから出家を願っていたと考えられる。出家後は、嵯峨や東山近辺に住んだが、二十七歳の頃、最初の奥州への旅に向っている。三十二歳で高野《こうや》に入山する。以後、約三十年間、高野を拠点に吉野や大峯《おおみね》に入り、都にも往来している。五十歳の年、四国に行脚《あんぎゃ》し、崇徳院陵を訪問し、善通寺に庵を結んだ。その後、高野に戻ったが、六十三歳になって伊勢の二見浦に移住した。六十九歳で再度奥州に向かう。これは、平重衡《たいらのしげひら》によって焼打ちにされた東大寺大仏再興のための勧進が目的であった。最晩年に「御裳濯川《みもすそがわ》歌合」「宮河《みやがわ》歌合」を伊勢神宮に奉納し、文治《ぶんじ》六年（一一九〇）二月十六日、河内の弘川寺《ひろかわでら》で入寂《にゅうじゃく》したとされる。早くから歌人として知られ、生涯に二千首以上の和歌を作り、自由な境地に遊ぶ歌僧として後世に数々の伝説を残した。

略年譜

年号	西暦	天皇	年齢	西行関係事項	参考事項
元永元	一一一八	鳥羽	1	西行（佐藤義清）生まれる	
保延元	一一三五		18	兵衛尉に任じられる	行尊没
六	一一四〇		23	出家（西行・円位・大宝坊とも）	覚性出家
永治元	一一四一	近衛	24	この頃、洛外に草庵を結ぶ	崇徳天皇譲位
康治元	一一四二		25	藤原頼長に一品経勧進	
天養元	一一四四		27	この頃、東国、奥州へ赴く	
五	一一四九		32	この頃、高野山に入り草庵を結ぶ　また吉野にもしばしば入る	高野山大塔・金堂落雷炎上
六	一一五〇		33	この頃、徳大寺公能・寂超らに歌稿の添削を乞われる	『久安百首』
仁平元	一一五一		34	『詞花集』に一首入集	
保元元	一一五六		39	鳥羽法皇の大葬に参じる	保元の乱、崇徳院讃岐に流される

仁安三	一一六八	高倉	50	四国行脚へ出発（仁安二年とも）白峯崇徳院陵に参詣。その後、善通寺に草庵を結ぶ	平清盛出家、栄西渡宋
安元元	一一七五		58		法然浄土宗を開く
治承元	一一七七		60	蓮花乗院を壇上に移し、長日不断の談義所とする	京都大火
四	一一八〇	安徳・後白河	63	伊勢に赴き二見浦に草庵を結ぶ	福原遷都 平重衡南都焼打
養和元	一一八一		64		平清盛没
元暦元	一一八四		67	木曽義仲討死の歌を詠む	木曾義仲討死
文治元	一一八五	後鳥羽	68		平家壇浦で滅亡、東大寺大仏落慶供養
二	一一八六		69	東大寺料砂金勧進のため、二度目の奥州の旅。途中、八月に源頼朝と会談する	
四	一一八八		71	『千載集』に十八首入集 『御裳濯川歌合』（俊成判）なる	明恵出家
五	一一八九		72	『宮河歌合』（定家判）なる	奥州藤原氏滅亡
建久元	一一九〇		73	二月十六日入寂	

解説　「時代を超えて生きる遁世歌人　西行」——橋本美香

在俗時

西行は出家前、北面《ほくめん》の武士として鳥羽院に仕えていたが、昇殿を許されない六位の身分であった。この職は、弓や馬術、蹴鞠《けまり》の業に優れているだけでなく、容姿端麗であって、詩文・和歌・管弦などの才能も必要であったとされる。馬を操る能力については、「伏見過ぎぬ」の歌がその一端をよく表わしている（22で取り上げた歌。以下番号のみを示す）。

西行の父の康清《やすきよ》も白河院の北面の武士であった。母は監物《けんもつ》源清経《きよつね》の娘であり、西行の祖父にあたる清経は、蹴鞠の名手として知られ、また今様《いまよう》に通じていたとされる。西行が蹴鞠の名手であること、歌の表現が斬新であったり、口語的な言い回しがあったりすることは、この祖父の影響もあると見ていい。

出家とその直後

西行は、一男一女をもうけ、紀伊国に田仲庄という荘園を持ちながらも、鳥羽院の許しを請い、二十三歳の若さで出家した。

出家の理由については、親交のあった同僚の武士が突然亡くなったことに世の無常を感じため、あるいは叶うはずのない上臈《じょうろう》女房への恋のため、数寄《すき》の世界に生きるため、また自由な草庵生活への憧憬のためなどさまざまに説かれているが、どの説もはっきりとした確証はない。しかし、西行が、早くから出家を考えていたことは数々の歌から明らかであり、突発的に出家に踏み切ったわけではないことは確かである。年若く、世の中を遁《のが》れなければならない理由が特に見当たらない恵まれた環境にあって出家をしたため、人々に賞賛されたことが藤原頼長《よりなが》の日記『台記《たいき》』にみえる。

出家直後の西行は、鈴鹿山を越えて伊勢に赴いているが(24)、当時、東山や嵯峨野など京都の近郊に庵を結んでいた。二十五歳のとき、内大臣藤原頼長に一品経《いっぽんぎょう》を勧進《かんじん》したことも、頼長の日記『台記』に記されている。一品経の勧進とは、法華経の二十八品をそれぞれ一品ずつ書写し、これに供養料を添えて寄進するものであり、出家者としての西行の姿が垣《かい》間《ま》見られる。「いかで我清く曇らぬ身となりて」と願う歌(18)や、地獄絵の歌(34)なども、出家者としての西行の振る舞いを知ることのできるものである。

高野山への入山

久安五年(一一四九)五月に、高野山大塔が落雷のため炎上する。その再建を機に、西行は高野山に入山し、晩年の伊勢移住までの約三十年を高野を拠点として暮らす。ただし、高野山に定住していたというのではなく、その間、京や住吉、和歌浦、四国などさまざまな地へ赴き、そこで庵を結び、仮住まいをすることもあった。さらに、大峰《おおみね》で回峰《かいほう》修行も行っている。吉野山の桜をよんだ歌や、月の歌の多くはこの時期に作られたものである。

高野山での活動に、蓮華乗院《れんげじょういん》の建立と移築の勧進がある。これは、鳥羽院の第七皇女である頌子《のぶこ》内親王（五辻斎院《いつじのさいいん》）が鳥羽院を弔うためのものであった。現在、金剛峯寺《ぶじ》で行われている内談議《ないだんぎ》は、この蓮華乗院（現在の大会堂《だいえどう》）で、西行によって始められたものであり、その起こりは、真言宗の本山派と覚鑁《かくばん》の伝法院派との争いを鎮めるためのものであったとされる。この他にも、高野山の教学、修験道の入峰行で大きな業績を残しているとされる。

伊勢移住

治承四年（一一八〇）、平重衡《しげひら》によって東大寺が焼き打ちされ、平清盛によって福原遷都が行われた。この年、高野山を下り、西行は伊勢の二見浦に庵を結ぶ（37）。文治元年（一一八五）に平家が壇ノ浦で滅亡するが、その時「夜の鶴の」と、宗盛の死に際して詠う（26）。翌文治二年、六十九歳で、焼亡した東大寺再建のため、砂金勧進に奥州藤原氏のもとへ赴く。この時の小夜の中山を越えた感慨を詠った（35）。その途中で鎌倉に立ち寄り、源頼朝とも対面した。このことは、『吾妻鏡』文治二年八月十五日の記事に、一晩中頼朝と歌道と弓馬のことを語り合い、記念に貰った銀の猫を門前で遊ぶ子供に与えてしまったとある。

伊勢での和歌の事跡は、伊勢内宮《ないくう》と外宮《げくう》の両宮にそれぞれ「御裳濯川《みもすそがわ》歌合」「宮河《みやがわ》歌合」を奉納したことであろう。生涯の詠歌活動の総決算の意味も含まれる自歌合であり、秀歌が多く集められた。この他に、伊勢神宮の摂社十二社への奉納も企画されていたようである。

西行はさまざまな場所で歌をよんでいるが、宮中など中央の歌壇で行われた歌合に参加した形跡はみられない。また、西行が東大寺再建のため、奥州に砂金を勧進する目的で出立した文治二年、西行に勧進を依頼したとされる重源《ちょうげん》が夢告によって伊勢神宮参詣を決意し、四月に六十名の衆徒と共に神宮に赴き、大般若経を供養転読していることが、『東大寺衆徒参詣伊勢大神宮記』に記されている。こうした時期に歌合を伊勢にわざわざ奉納したというのは、西行に何か強い意思が働いていたことが窺えるのだが、その直接的な理由は、明らかになっていない。

天皇家との関係

出家以前の西行が鳥羽院に出仕していたことは知られているが、その一方で、徳大寺家にも仕えており、徳大寺実能《さねよし》の妹である鳥羽院皇后待賢門院《たいけんもんいん》璋子《しようし》と、璋子を実母とする崇徳院や上西門院らとも、家人《けにん》として関わりがあった。出家後も、待賢門院や上西門院の女房である堀河局《つぼね》や兵衛局などと交際があり、西行が女人救済をする導師のように見られていたことを示す贈答歌もある。鳥羽院が自らの墓所として伏見に安楽寿院を造営する際の検分に、実能と共に同行もしていた。

鳥羽院崩御の後、七月十一日に後白河天皇と崇徳院が皇位継承を巡って争った保元の乱が起こり、乱に敗れた崇徳院は仁和寺で出家、二十三日には讃岐に配流された。そのわずかな幽閉期間に、西行は崇徳院を仁和寺に訪ねている。その後も、女房を介して歌をよみ交わし、さらに、崇徳院の死後、讃岐を訪れ、御霊を慰めている。

歌人らとの交流

西行は多くの歌人とも交流した。西行の蹴鞠《けまり》の師である侍従大納言成通《なりみち》とは、出家後も交流を続けている。また、大原三寂《さんじやく》と呼ばれた寂念・寂超・寂然《じやくぜん》の三兄弟との交流が深く、中でも寂然とは多くの歌を詠み交わしている（29）。三人の父である為忠の『詞花集』編纂の資料である歌稿も下見している。さらに、『金葉集』の撰者源《みなもとのとしより》俊頼の息子で、白河の僧坊に歌林苑《かりんえん》を開いていた俊恵《しゅんえ》との交流も注目すべきである。歌林苑には多くの在家や出家者が自由に出入りして、歌合や歌会を催していた。晩年伊勢の内宮に奉納した「御裳濯川歌合」の判者を勤めた俊成もここに加わっていた。

これに加えて、西行は平家の歌人とも歌林苑を介して交流があった。平清盛とは出家前に同じ北面の武士であったということだけではなく、清盛主催の法会にも列席している。この他、西住とは共に修行の旅をし、歌や連歌をよみ交わし、その臨終にも歌をよんだ。また、天台座主の慈円や、栂尾《とがのお》の明恵上人といった西行より若い仏者とも交流を持っていた。

伊勢移住の後は、内宮の神官であった荒木田氏良《うじよし》らとの交際を深め、その弟の満良《みつよし》（蓮阿《れんあ》）は、伊勢時代の西行から聞いた歌話を『西行上人談抄』にまとめている。西行が伊勢神宮に「御裳濯川歌合」「宮河歌合」を奉納した背景には、こうした交流があっただろう。

この他にも遊女（23）や、漁師（27）などとも交流している。このように、範囲はきわめて多岐にわたっている。

西行の和歌

周知のように西行の歌には、桜と月の歌が非常に多い。さらに、諸国を旅し、各地で庵を結び、そこにある様々な事象を歌にすることによって独自の和歌表現を生んだ。また、西行は出家者であるが、恋の歌も多く残している。そこにも自省する西行らしい独自の表現や視点があらわれている（20など）。歌の姿としては端正とは言えないものもあるが、それらの歌は、自由に振る舞いのできる出家者として、思いのままに生きた西行の姿をそのまま反映しており、これこそが、西行が時代を超えて人々を魅了してきた理由に他ならないだろう。

また、西行は、素性《そせい》、行尊《ぎょうそん》、能因《のういん》ら、自分に先行する歌僧の歌を踏まえ、時には彼らと唱和するような形で歌をよんだ。西行は自身をこれらの歌僧に連なる者として位置づけようとしていた。そして、西行はそのような連なりをさらに継承させていくことも念頭においていた。後世、芭蕉は「西行の和歌における、宗祇の連歌における、雪舟の絵における、利休が茶における、その貫通するものは一なり」と『笈《おい》の小文《こぶみ》』に記したが、西行の歌は、和歌だけでなく、連歌、絵画、能などの中世以降の文化に広く継承されていったといっても過言ではないだろう。そして、現在も「越境する西行」「脱領域する西行」として、「西行学」の名の下に、再構築しようとする試みがなされていることにつながっている。

最後に、西行の家集について触れておきたい。西行の歌を集めた家集には、西行の自選として四系列が現存している。まず、『山家集《さんかしゅう》』『聞書集《ききがきしゅう》』『残集《ざんしゅう》』の系列で、約千八百首の歌が見える。次に、『西行法師家集』（西行上人家集）の約六百首である。また、『山家心中集』（花月集とも）の系列があり、三百六十首と他人詠十四首が収められている。これらに加えて「御裳濯川歌合」「宮河歌合」があり、それぞれ三六番七十二首が番《つが》わされている。この他にも西行没後に編纂された『別本山家集』がある。

なお、西行に関する伝承が後世にさまざまに作られたが、西行の実像と合致するかどうかは不明である。

読書案内

『西行全集』久保田淳　貴重本刊行会　一九八二

西行の和歌作品、歌論資料、西行に仮託された説話集、西行を主人公とする物語草子や謡曲・狂言を集成し伝本を選び、厳密に翻刻、解説したもの。

○

『山家集／聞書集／残集』（和歌文学大系21）西澤美仁・宇津木言行・久保田淳　明治書院　二〇〇三

西行の三種類の家集である『山家集』『聞書集』『残集』に加えて、松屋本『山家集』『西行法師家集』の中に収められている歌の注釈及び現代語訳がなされている。

『中世和歌集』（新編小学館日本古典文学全集49）井上宗雄　小学館　二〇〇〇

西行自身が自分の歌の中から、七十二首ずつを自撰して三十六番に組んだ歌合「御裳濯川歌合」「宮河歌合」について、それぞれの判者である俊成・定家の判詞も含め注釈及び現代語訳がなされている。

『中世和歌集鎌倉篇』（新日本古典文学大系46）近藤潤一他　岩波書店　一九九一

『山家集』やその後の詠作から三百六十首（これに他人詠十四首が加えられている）を抄出した『山家心中集』の注釈及び現代語訳がなされている。

『山家集』（新潮古典集成49）　後藤重郎　新潮社　一九八二
『山家集』に収められている千五百首に注釈及び現代語訳がなされている。

○

『西行』（人物叢書）目崎徳衛　吉川弘文館　一九八〇
西行を中世的人間の典型として捉え、宗教・文学・政治・芸能・故実など、その時代の全領域に活躍したことについて紹介した伝記である。

『西行―魂の旅路』西澤美仁　角川ソフィア文庫　二〇一〇
伝承歌まで網羅されている点が新しく、絵や写真、地図などとともに西行歌について丁寧に読み解いている。

『西行　捨てて生きる』（別冊太陽　日本のこころ168）別冊太陽編集部　平凡社　二〇一〇
乱世を乗り越え、新しい芸術の世界を切り拓き、日本人の美意識の象徴として畏敬され続けた人物として西行を捉え、歌人としての魅力を探っている。

『西行歌枕―その生涯と名歌の舞台を旅する』マガジン・マガジン編　マガジン・マガジン　二〇〇八
西行が生涯にわたり、訪れたと思われる場所、庵を結んだと思われる場所について、歌とカラー写真で解説されている。西行歌枕の旅への案内となっている。

『西行学』（第一号、第二号）　西行学会編　笠間書院　二〇一〇、二〇一一
国文学、民俗学、宗教学、仏教学、歴史学、美術史学、古筆学などから、「西行学」の名のもとに再構築することを目指し、年一回発行されている。

【付録エッセイ】

西行——その漂泊なるもの

上田三四二

『目でみる日本名歌の旅』（文春文庫　一九八五年十一月）

上田三四二《うえだみよじ》（歌人・小説家・文芸評論家）〔一九二三―一九八九〕「異質への情熱」「祝婚」。

西行《さいぎょう》が出家をする直前に詠んだ歌に、

そらになる心は春の霞《かすみ》にて世にあらじとも思ひ立つかな

というのがある。ちょうど出家を心に期しているところへ、霞に寄せて思いを述べよと言われて、と詞書があって、これはたぶん保延《ほうえん》六年（一一四〇年）春の作である。そして同じ年の秋、十月十五日に西行は出家した。二十三歳。俗名を佐藤義清《のりきよ》といい、鳥羽院につかえる北面の武士であり、「重代の勇士」として知られていた。

妻子があったかどうかはあきらかでないが、俗説に、彼は幼い女の子が袖にすがるのを縁側から蹴落して家を出ていったという。そんな乱暴は、西行の不退転の決意を強調するための脚色にすぎないとしても、彼に一人の娘があったことは、長明の『発心集《ほっしんしゅう》』に徴しても、事実であったらしい。

引用の一首は、出家に臨《のぞ》んでの西行の胸のうちが、浮き立つような状態にあったことを伝えている。西行の出家は、厭世よりはいっそう憧憬によっている。「世にあらじ」とするその決意は、「そらになる心」の結果にほかならなかった。西行に厭世の思いがなかったといえば嘘になる。彼は世を厭《いと》う歌をたくさん作っているのであるが、しかしその出家は、ただ世を逃れるというだけの消極的なものではなかった。それは西行にとって、むしろよろこばしき方《かた》への回帰を意味していた。彼は何ものかに魅入られ、その魅惑に向かって一心に歩いて行ったのである。

魅惑の源がなんであるかは、まだ西行自身にも分らない。しかし、「そらになる心は春の霞にて」——この匂やかな言葉のリズムと、夢みるような春霞のイメージは、彼の憧れの向かうところが、ほとんど煙霞《えんか》の情といったものであることを示している。気もそぞろな心の「そら」は、同時に春霞の「空」であり、「思ひ立つ」の「立つ」もまた霞の立つさまに融けあっている。この縁語のあっせんは当時における作歌の常道であるが、それがここでは単なる技巧に終ることなく、技巧をうちにしずめて、溢れ出るような出立《しゅったつ》の感慨をよく一首に滲透せしめている。そして驚くべきことに、ここにはすでに、後年の西行調ともいうべきものがはっきりとあらわれている。彼は喜色を面《おもて》にあらわしてとおく霞の空に憧れの心を放つ。いや、霞の空というだけではまだ足りない。

煙霞の情は西行に自然詩人としての面影を与えるが、西行の面目はそこにとどまらない。彼は自然のむこう、霞の空のむこうにある、なにか言いがたい、胸をしめつけられるような美感への予感に身をまかせるところに、出家の意味を見、歌うことの理由を見出していたのである。

西行といえば、何よりもまず、月と花である。彼がその七十年の生涯において、花月の上に労してきた心情のかさははかり知れないものがある。月の歌、花の歌は量において、『山家集』の主峰をなすだけではない。それは質において、歌人西行の詩性を自証するもっとも切実な主題であった。

その月の歌、

ながむればいなや心の苦しきにいたくな澄みそ秋の夜《よ》の月
うちつけにまた来《こ》む秋の今宵まで月ゆゑ惜しくなる命かな
更《ふ》けにけるわが世のかげを思ふまに遙かに月のかたぶきにけり
ゆくへなく月に心のすみすみて果てはいかにかならむとすらむ

また花の歌、

ながむとて花にもいたく馴れぬれば散る別れこそかなしかりけれ
花見ればそのいはれとはなけれども心のうちぞくるしかりける
春を経て花のさかりにあひ来つつ思ひ出多きわが身なりけり
吉野山こずゑの花を見し日より心は身にもそはずなりにき

これらの歌を見ると、花月は西行の悲哀に満ちた心の捨て所であったが、より以上に、彼の憧れわたる心の拠《よ》り所であることが明らかになる。憧れとは、もと霊魂の肉体離脱を意味する。そのような、ふしぎな現実離脱の感覚がこれらの歌にはあり、悲しいにつけ、よろこばしいにつけ、思いのたけを月と花に託して歌う西行の賞花三昧《ざんまい》、観月三昧は、窮極において彼の魂を清浄《しょうじょう》化し、どこかの世ならぬ陶酔の、至福の境地につれてゆく。月に向かって澄みに澄む心の浮揚感を「果てはいかにかならむとすらむ」と歌い、梢の花の華やぎにまぎれてゆく感覚を「心は身にもそはずなりにき」と歌うとき、西行はしんじつ花月を寄代《よりしろ》とすることによって前後を忘却し、忘我恍惚の状態に至る自己を告白しているのである。

月と花は、西行の「そらになる心」が自然の中に見出した、いわば自然の精髄であった。それは現実にこの世で会うことのできる自然の一景物でありながら、西行の意識の中でただの景物であることを止め、美の象徴となる。西行の意識の中で、というのは正しくない。月と花によせる詠嘆は、王朝の美意識が培《つちか》ってきた伝統的な自然観として、当時一般化されていたのであるから。しかし、西行はその伝統的な自然観をそっくりなぞりながら、しかも絶対に独自の、空前絶後ともいうべき花月の嘆《たん》の深みにまで参入し得たのである。

晩年伊勢より嵯峨に移った西行が、のちの大徳、当時まだ十五、六歳の道心《どうしん》であった高山寺の明恵《みょうえ》に語った歌話というのが、伝えられている。そこで西行は、こう言っている。――自分は花を詠んでも花を詠んでいると思ったことはなく、月を歌っても、月を歌っていると思ったことはない、と。西行は花と月を、自然の景物としては詠まなかった。では、彼は花月の心をつくした和歌において何を歌おうとしたのか。西行の意のあるところを端的に言えば、彼はそれらの自然の精髄をとおして仏性を歌おうとした。言いかえれば、彼は月と花を通路として、真如《しんにょ》の境《さかい》をかいま見ようと願ったのである。

しかしまた西行は、つづいて明恵にこうも言っている。――自分が月、花を詠むのはいたって単純なことで、ただ縁に随《したが》い興に随って詠みおくだけのことである、と。この言葉は、おなじく晩年の西行が頼朝に語ったといわれる言葉、「詠歌は動感の折ふし、わづかに三十一字に作るばかりなり。全く奥旨《おうし》を知らず」にそのまま重なり合う。西行は道理や理屈を先立てて歌をよむことをしなかった。じつのところ、そのような理屈の歌も『山家集』の中にはたくさん見付かるのであるが、それは、『古今集』を宗《むね》とする当時の和歌一般の風潮による。そして、そのような風潮の中に西行の歌を置いてみると、西行の歌の類を絶した単純さが明瞭になる。西行の歌は理知や道理の目立つと見える歌でも、発想の根本を止みがたい感興に負うている。いま花月の歌のほかについていえば、有名な「年たけてまた越ゆべしと思ひきや命なりけり小夜《さよ》の中山」でも、「津の国の難波《なにわ》の春は夢なれやあしの枯葉に風渡るなり」でも、そういう単純さに貫かれており、単純さは、花月の歌同様うちにふかい感興の磁場を――ほとんど物狂おしいまでの感興の磁場を貯えているのである。

西行にあっては、月、花を中心とするそういう自然を機縁として、思いのままに歌をよむことが、人生の無常を克服する道だった。「命なりけり」の存命の詠嘆が、また「夢なれや」の季節によせる哀感が、月と花という自然の精髄の中に投入せられるとき、そこに救いが生れた。救いとまでは言い切れないかもしれない。しかし、花月のまどわしによる陶酔の美感は、西行にあっては、仏による摂取の法悦とまったく同じものとして感得されていた。西行の中で、歌道と仏道は不二同心であり、詠歌は唱名《しょうみょう》であり、花月に向かって歌をよむことは、仏に向かって経をよむことに変りはなかった。歌僧としての西行の五十年を要約すれば、彼は風狂が求道《ぐどう》であり、求道が風狂であるような花月詠嘆の浮かれ聖《ひじり》であった。そして、そのような風狂と求道の生涯の帰結をさし示して、西行にもっとも著名な一首がある。言うまでもなく、

願はくは花の下《した》にて春死なむそのきさらぎの望月《もちづき》のころ

の一首がそれだ。

伝説化された西行は、漂泊の旅僧としての歪曲《わいきょく》化が著しい。芭蕉の念持した歌聖の姿も、この伝説をとおしてみた西行である。史実の明らかにした西行は、もちろんその旅僧としてのあり方をまったくは否定しない。しかし、出家のはじめと終りに二度にわたった奥州への大旅行、および西国その他への旅を別にすれば、彼ははじめに都にとどまり、奥州旅行ののちながく高野山にあり、伊勢に移り、最後の東国旅行を終えてからの晩年を嵯峨に住み、河内国弘川寺において示寂《じじゃく》（高僧が死ぬこと）した。七十三歳である。

「願はくは」の歌は、その臨終の床にあっての作としたいが、そうではなく、それよりずっと以前、たぶん六十歳のころに詠まれていた。

西行の実像が、伝説の西行における旅僧のイメージを裏切っているとしても、それを口惜しがるには当らない。西行は彼の心のうちにおいて、言いかえればその遺した歌において、

終生漂泊の旅人にちがいなかった。そして、その心のうちの漂泊のなかで、彼は水平に流動するよりは、むしろ垂直に浮揚する自分を感じていた。月と花に導かれて、彼はあこがれをまっすぐに昇りつめていったのである。

「願はくは」の一首は、そこに月と花を一所に集めて、彼の死を、花月への憧憬の極まるところとして描いている。華麗であり、豪華でさえあって、ここでは死の悲哀が、美的歓喜として掬《すく》い取られている。西行には、「死にて臥《ふ》さむ苔のむしろを思ふよりかねて知らるる岩かげの露」といった、死を暗く陰惨なイメージのうちに捉えた歌のあることも否定できないが、「願はくは」の歌は、その本来陰惨であるべきものの姿を美事に浄化して、ほとんど至福ともいうべき死の讃歌を成就《じょうじゅ》している。花月に向かっての飽くことのない詠嘆――その六時礼讃が、彼の歌をここまで連れてきたのである。花月詠嘆の功徳《くどく》は、しかも歌だけにとどまらなかった。西行は文治六年＝建久元年（一一九〇年）二月十六日、まさしくきさらぎの望《もち》の日に、河内国弘川寺において大往生を遂げた。

花月による荘厳《しょうごん》は、西行にあっては弥陀《みだ》の来迎《らいごう》にほかならず、その最後の旅立ちは、「そらになる心は春の霞にて」の歌の、あの憧憬にみちた最初の旅立ちの完成として、いかにもふさわしい。のみならず、西行はその死後におけるみずからの供養のために、あらかじめ、こんな彼岸における花月の影向《ようごう》の歌を、詠み残しておいたのである。

来む世には心のうちにあらはさむあかでやみぬる月の光を

仏には桜の花をたてまつれ我が後《のち》の世を人とぶらはば

橋本美香（はしもと・みか）
＊岡山県生。
＊ノートルダム清心女子大学大学院博士課程修了。博士（文学）。
＊現在　川崎医療福祉大学教授。
＊主要論文
「西行が高野から寂然に贈った十首歌について」（西行学6号）
「『西行物語』の選歌意識 —吉野の桜をめぐって—」（西行学12号）

西行《さいぎょう》　コレクション日本歌人選　048

2012年9月28日　初版第1刷発行
2013年11月15日　再版第1刷発行
2023年6月20日　再版第3刷発行

著者　橋本　美香
監修　和歌文学会

装幀　芦澤　泰偉
発行者　池田　圭子
発行所　有限会社　笠間書院
東京都千代田区神田猿楽町2-2-3［〒101-0064］
電話　03-3295-1331　FAX 03-3294-0996
NDC分類 911.08

ISBN978-4-305-70648-5

印刷／製本：シナノ
（本文用紙：中性紙使用）